晚饭花开
——汪味小说精选

庞余亮　选编

中国书籍出版社
China Book Press

图书在版编目（CIP）数据

晚饭花开 : 汪味小说精选 / 庞余亮选编 . —— 北京 : 中国书籍出版社, 2020.4
ISBN 978-7-5068-7752-7

Ⅰ.①晚… Ⅱ.①庞… Ⅲ.①短篇小说—小说集—中国—当代 Ⅳ.① I247.7

中国版本图书馆 CIP 数据核字 (2019) 第 291661 号

晚饭花开：汪味小说精选

庞余亮　选编

图书策划	成晓春　崔付建
责任编辑	刘　娜
责任印制	孙马飞　马　芝
出版发行	中国书籍出版社
地　　址	北京市丰台区三路居路 97 号（邮编：100073）
电　　话	（010）52257143（总编室）（010）52257140（发行部）
电子邮箱	eo@chinabp.com.cn
经　　销	全国新华书店
印　　刷	三河市华东印刷有限公司
开　　本	650 毫米 ×940 毫米　1/16
字　　数	240 千字
印　　张	16
版　　次	2021 年 1 月第 1 版　2021 年 1 月第 1 次印刷
书　　号	ISBN 978-7-5068-7752-7
定　　价	56.00 元

版权所有　翻印必究

目 录
CONTENTS

洗　澡	阿　城 //	001
阿　雏	曹文轩 //	006
地球上的王家庄	毕飞宇 //	028
鞋	刘庆邦 //	036
年关六赋	阿　成 //	050
莜麦秸窝里	曹乃谦 //	071
白色鸟	何立伟 //	074
女　匪	孙方友 //	081
秋　夜	墨　白 //	084
胡长的榆树	刘亮程 //	089
巨　砚	李平易 //	114
美　满	凸　凹 //	129
碑	许　辉 //	152

过　年	葛红兵	// 163
甘师傅	恽建新	// 178
馋　痨	王树兴	// 189
恋　爱	苏　北	// 206
濠河人家	黄步千	// 223
祥大少	刘仁前	// 241
编后记		// 246

洗 澡

阿 城

中午的太阳极辣,烫得脸缩着。半天的云前仰后合,被风赶着跑,于是草原上一片一片地暗下去,又一片一片地亮起来。

我已脱下衣服,前后上下搔了许久。阳光照在肉上,搔过的地方便一条一条地热。云暗过来,凉风拂起一身鸡皮疙瘩,不敢下水。

这河大约只能算作溪,不宽,不深,绿绿地流过去。牧草早长到小腿深,身上也已经出过两个月的汗,垢都浸得软软的,于是时时把手伸进衣服里,慢慢将它们集合成长条。春风过去两个月,便能在阳光下扒光衬衣裤,细细搜捡着虱子们。

远远有一骑手缓缓而来,人不急,马更不急,于是有歌声沿草冈漫开。凡开阔之地的民族,语言必像音乐。但歌声并无词句,只是哦哦地起伏着旋律,似乎不承认草原比歌声更远。

骑手走近了,很阔的一个脸,挺一挺腰,翻下马来,又牵着马,慢慢走到河边,任马去饮。骑手看看我,说:"热得很!"我也说:"热得很。"他又问:"要洗澡?"我说:"要洗澡。"他一边解开红围腰,一边说:"好得很!好得很!"

骑手将围腰扔在草上,红红的烫眼睛。他又脱下袍子,一扔,压在围腰上。围腰还是露出一截,跳跳的。

骑手把衣服都脱了,阳光下,如一块脏玉,宽宽的一身肉,屁股有些短,腿弯弯地站在岸边,用力地搔身上。

他又问:"洗澡?"我说:"洗澡。"他就双手拍着胸,向水里蹚去。水没到小腿的一半。

忽然他大吼一声,身子一倾,扑进水里。水花惊跳起来,出一片响声。不待水花落下去,他早又在水里翻过身来,双手挖水泼自己,嘴里嘀嘀地叫着。

我站起来,也不由用手拍着胸腹,伸脚向水里探去,但立刻觉得小肚子紧起来。终于是要洗,不能管凉,慎慎地往下走。

冷不防身上火烫也似凉得抖一下,原来骑手在用力挖水泼过来。我脚下一个不稳,跌到水里。

水还糊住眼睛,就听得骑手在嘀嘀大叫。待抹掉脸上的水,见骑手埋在水里,只露一张阔脸在笑。

我说:"啊!凉得很!"骑手说:"凉得很!"

我急忙用手使劲搓胸前、脸上、腿下,又仰倒在水里。水激得胸紧紧的,喘不出大口的气。天上的云稳稳地快跑。

骑手又哦哦地唱起歌,只是节奏随双手的动作在变,一会儿双手又随歌的节奏在搓。他撅起屁股,把头顶浸到水里,叉开手指到头发里抓,歌声就从两腿间传出来。抓完头,他又叉开腿,很仔细地洗下面的东西，发现我在看他，很高兴地大声说："干净得很！"

我也周身仔细地搓，之后站起来。风吹过，浑身抖着，腮僵得硬硬的，缩缩地看一看草原。

忽然发现云前有一块黄，惊得大叫一声，返身扑进水里。骑手看看我，我把手臂伸出去一指。

对岸一个女子骑在马上，宽宽的一张脸，眼睛很细，不动地望着我们。

骑手看到了她，并不惊慌，把手在胸前抹一抹，阔脸放出光来，向那女子用蒙语问，意思大约是：没有见过吗？

那女子仍静静跨在马上，隐隐有一些笑意。骑手弯下腰去掬一些水，举到肩上松开手，身上沿着起伏处亮亮地闪起来。

那女子说话了，用蒙语，意思大约是：这另外一个人是跌倒了吗？骑手嘀嘀笑了，说："汉人的东西和我的不一样，他恐怕吓着你！"

我分明感到那女子向我盯住看，不由更向水里缩下去。

那女子又向骑手说了："你很好。"骑手一下子得意得不行，伸开两条胳膊舞了一下，又叭叭地拍着胸膛，很快地说："草原大得很，白云美得很，男子应该像最好的马，"他的声音忽然轻柔极了，只有蒙语才能这样又轻又快又柔，"你懂得草原。"

那女子向远处望了一下，胯下的马在原地倒换了一下蹄子。她也极快地说："草原大得孤独，白云美得忧愁，我不知道是不是碰到了最好的马，也许我还没有走遍草原。"

骑手呆住了，慢慢低下头去看河水。那女子声音极高地吆了一下马,马慢慢地摆着屁股离开河边跑去。骑手抬起头来,好像在看天上的河水,忽然猛猛地甩甩头发,走到岸上,很快地把衣服穿起来。又一边慢慢裹着围腰,一边看着远去的黄头巾。骑手一摇一摇地去牵走远了的马,唱起歌来,那大致的意思是:

> 最好的马在呼伦贝尔
> 马儿在呼伦贝尔最好
> 因为呼伦贝尔草原最好

> 最好的马在呼伦贝尔
> 马儿在呼伦贝尔最好
> 因为呼伦贝尔骑手最好

> 马儿跑遍草原
> 女人走遍草原
> 但在呼伦贝尔草原停下来

> 马儿停在这里
> 女人留在这里
> 成吉思汗的骑手从这里开拔

那女子走得极远了,停下来。骑手一直在望着她,于是飞快地翻上马去,紧紧勒住皮缰,马急急地刨几下蹄子。骑手猛一松缰,那马就箭一样笔直地跑进河里,水扇一样分开。马又一跃到对面岸上,飞一样从草上飘过去。

　　阳光明晃晃地从云中垂下来,燃着了草冈上一块红的火,一块黄的火。

阿 雏

曹文轩

一

阿雏坚决地记住：他的双亲亡于他六岁那年一个秋天的夜晚。

那天，有路人捎来消息：五里外的邹庄要放电影。路远，父母怕阿雏睡沉了骨头软，难抱，便掏给他五分钱买糖嘞，软硬兼施，终于将他哄住，跟老祖母待在了家中。

看电影的人很多，田埂上行人缕缕行行，互相呼唤着，黑空下到处是远远近近的人声和小马灯闪烁的黄火。

要过渡。

河边站满了急匆匆的人，船一靠岸，逃难一般都抢着上，船舷离水面只剩两三寸了，还又爬上两个大汉来。船离了岸，船上人一个挨一个,挺直了身子,棍子似的立着,战战兢兢,全不敢看水。船歪歪地行至大河中心,远处一艘轮船驶过,把波浪一层层地扩大过来,人一摇,船一晃,翻了。

各人顾各人,赶紧逃命,河上一片呼爹叫娘。会水的,自然不在乎。半会水的,呛几口水,也翻着白眼上了岸,直着脖子吐水。阿雏的父母皆是"旱鸭子",听见喊了几声,沉了。

上了岸的人忽然想起似乎该下河救人,无奈天阴黑得让人胆怯,几个下河的光在水面上乱喊乱抓,动作不小,却是虚张声势,没有一个敢往河水深处扎的。待有胆大的赶到,时间又太迟了。

出事后几日,大狗的老子在河边村头说,当时,船翻了,阿雏的父亲一把死死抱住他的胳膊,两人就一起沉到了河底。他就又掐又拧,可阿雏的父亲任掐任拧死不撒手。他想自己小命这回要玩完了。吃了一嘴河底烂泥,他兀生一个大的智慧:拔出口袋里的手电筒,往阿雏父亲手里一塞!灵!阿雏父亲呛蒙了,以为一定抓住了什么救命的东西,松了他,却抓住那手电筒。他乘机一松手电筒,摆脱了阿雏父亲,钻出水面,一人爬上了岸。

说这话时,大狗老子的脸很活,很有光泽,显得自己的智慧比别人优越许多。

而那些听的人都惊呼:"险啊!"很有些佩服大狗老子的聪明和狡猾。

"放在我,早就跟着去阴曹地府充军了。"

"那你就不能抱着你胖老婆睡觉了。"

"嗤嗤"地,有两个女人笑。

说到最后,大狗的老子不免有点儿惋惜,道:"那只手电筒,我是刚买的。"

夹杂在人群中的阿雏，一直无声无息地听着，后来就蹲在了地上。人群散了，他还蹲在地上。蹲不住了，就瘫坐在地上，用目光呆呆地看着河水，看着河上漂过一段朽木、一只死鸡、一朵硕大的菊花……天黑了，还看。

过了三年，老祖母不在了，阿雏就一人过，有时到外祖母家混几顿，有时就在村子里东一家西一家地吃。他固执地认为村里人都欠他的。他的吃相很凶，像条饿极的荒原狼崽，不嚼光吞，饭菜里一半外一半，撒一桌、一地，鼻尖上常沾着米粒在外面闲荡。

二

阿雏养得极壮实，比同龄孩子足高一头。天生一头又黑又硬的鬈发，像一堆强力螺旋弹簧乱放着。眼睛短而窄，目光里总是藏着股小兽物的恶气。

村里的孩子都怕他，尤其是小他两岁的大狗。

他上学时，很气派，前呼后拥地跟着一大帮孩子。他让他们用一张凳子抬他走，这几乎成为一种嗜好。一到雨天，他越发地爱这样做。他要看那些小轿夫们在泥泞中滑得东倒西歪，滑得"嘟嘟"放屁。要是把他摔了，他就一定用脚踢他们的肚子或屁股。他很少亲自做作业，他指定谁代做，谁就得做。从一年级到四年级，他几乎就没在家里吃过一顿早饭。他把谁的鼻子一点，说声"你！"谁就得带煮熟的鸡蛋。那回轮到大狗带鸡蛋，恰好家里刚将鸡蛋卖掉，他便只好去偷，被人家抓住，连拍了三个后脑勺。

这里没有敢不听他话的孩子。不听？他会刁钻古怪地惩罚你：把你诳到麦地里，扒了你的裤子，让你露出"小茶壶"，光腚儿蹲着，羞得没法出去；逼你沿着梯子爬上屋顶，然后一脚蹬翻梯子，让你去受太阳的烤晒。最狠的一招是让全体孩子都来冷落你，把你干在一边，让你尝一份孤单，并不时受到各种各样的捉弄和各种各样的疼痛。你一天坚持不到晚，准要去偷家里的东西低三下四地去讨好他。

谁也不敢告诉家里的大人，告诉了，除了他本人落个不自在，还有可能会殃及他一家。

大狗是阿雏的尾巴。

三

阿雏读五年级了，管他的是"杨老头子"——阿雏从不叫"杨老师"。杨老头子年纪大了，眼睛高度近视，在黑板上写字时，脸挨黑板很近，鼻尖差点擦着黑板了，像在嗅什么味道。阿雏叫他"杨老头子"，甚至能叫得让"杨老头子"听见。"杨老头子"气了，要揪他的耳朵。可一般很难成功：阿雏只需溜出去十码开外，也就不在他视野之中了。

杨老头子梗着脖子，眼珠子鼓鼓地向校长韩子巷大声嚷："不开除他，我不教了！"

于是，韩子巷就把阿雏叫了来，罚他半天站。

算起来，已罚站四次了。第四次罚站时，阿雏看见大狗在办公室门口晃过，眼睛里似乎有点嘲笑的意思。不是韩子巷拿眼盯住，他当时就想让大狗"吃生活"。

阿雏恨起"杨老头子"来。

杨老头子每天起得绝早,第一件大事就是抓张早过期的破报蹲茅房。这地方称解小便为"解小手",称解大便为"解大手",又称之为"出恭"。出恭一般都是坐着出,那凳子叫"恭凳"。杨老头子坐恭凳极有功夫,一坐能坐个把小时。茅房前后都是青翠的竹林,早晨,有鸟立竹梢上叫,其声如水滴落入静潭那般清脆。杨老头子一边愉悦地听,一边翻来覆去"嗅"那最终要做手纸的一角废报,觉得浑身疏通。天天如此,"恭"是出得十分的认真。

这天,他照常起早,照常做他的功夫,开头平安无事,中途大概是因为人老便秘,用足气力一蹬脚下的板子,"咔吧"一声,未及明白过来,恭凳的凳脚已断,人"扑通"跌落于粪坑。

这事倒也让几个年轻教师乐了好几日。

放鸭的老周五路遇杨老头子,也是多嘴,向杨老头子要了根烟抽,就向他耳语:"那天,我在河里放鸭,见阿雏拿把锯子猫在您茅房里。"

杨老头子掉头回走,查看了凳腿,果然为锯子所锯,顿时气得乱蹦乱跳,朝韩子巷大吼:"你去教!"

阿雏由人看着关押了一天。

杨老头子罢教一周,众教师像哄孩子似的,好不容易才把他哄上讲台。从此,杨老头子则以一种老人才有的冷目极讨厌地盯阿雏。

四

从此，老周五的鸭一惊一乍，时不时嘎嘎乱叫，扑着双翅在水上仓皇四窜，划无数条白练，像是被什么惊着了。

正是鸭踊跃下蛋的日子，这使老周五大伤脑筋。此时的鸭，只能在河坎的芦苇丛里安静地歇着，惊不得。惊了，肛门一松，蛋就都滑脱到水中。以往每天早上老周五要从鸭栏里拾溜尖尖一大柳篮子鸭蛋，乐得从嘴角流哈喇子。这几日早上，只能捡几枚，连篮底都不能被遮住。

他断定是黄鼠狼盯住了他的鸭。

当阿雏听到他狠狠地向人诉说黄鼠狼的罪恶时，乜他一眼，嘴角一撇，心里阴笑。此事当然是他所为：他抱了一只猫，悄悄潜在芦苇里，瞅准机会，突然地将猫往鸭群里一抛！

阿雏不想就此罢休，阿雏从没饶过人。

立秋了。此地有个风俗：立秋这天家家要吃瓜。至于为什么要吃瓜，谁也说不出道理，只知道立秋要吃瓜，吃就行。

早上，阿雏在河边钓鱼，见老周五搂着一个大西瓜回家去了。等人都下地干活了，阿雏便闪进老周五家。他用小刀在西瓜上挖了个小洞，寻来一把勺，掏那沙沙的红瓤一顿痛吃，直吃得肚皮西瓜一般溜圆。

阿雏认定：周五爷特别可恶！

他蓄了一泡尿，刚想撒去，转眼一瞥空了腹的西瓜，那对短而窄的眼睛恶恶地盯住了它……

晚上，老周五拿出做上人的慷慨派头，大声叫，把儿孙们都唤了来，说是请他们吃瓜。一刀劈去，瓜顿成两半，黄汤四溅，流一桌子。

老周五气疯了，冲进厨房，抓着砧板和菜刀，冲到巷子里，用刀在砧板上一下一下地狠剁！这是这地方上最恶毒的一种诅咒人的方法，轻易是不用的。据讲，做恶者的灵魂会被剁死。老周五并不像一般人边剁边骂，而是默默地，一步一步往前走。他脸色发灰，冰冷，高高的眉棱下，一对微黄的眼珠卵石一般凝着。每刀剁下去，总要在砧板上留一道深深的印痕。有时刀尖入木太深了，竟然要摇动几下方可拔出。

阿雏一动不动地坐在门槛上，只将目光从眼梢上射出去，盯着老周五往前挪动的曲腿，用白得发亮的牙齿咬噬着指甲，直把指甲咬成锯齿一般。

几天以后，阿雏在一座木桥头与老周五相遇。当时，老周五正把一担粪撂在桥头喘息，打算待积蓄了力量后再挑过桥去。

"五爷，我帮你一桶一桶抬过去吧。"

这使老周五十分震惊：阿雏也肯帮人忙？阿雏！阿雏帮过谁的忙呀？！

"来吧，五爷。"阿雏抓住他的扁担了。

"我可独一份呀！"老周五有点受宠若惊了，感动得想哭，"哎！"

一桶粪抬过桥去，老周五屁颠颠地欲要转身返回把另一桶抬过来，阿雏却立住不动了，狡猾地一笑："是你告诉杨老头子的？"

老周五脑子一时转不过来，不知如何作答，眼眶里净有眼白。

"鸭还下那么多蛋吗？"

"你……！"

"西瓜好吃吗？"

扁担抡起来了。

阿雏并不躲让，侧身将两只胳膊交叉于胸前，双眼一闭。

老周五两脚后跟皆离地面，身体往前倾斜，脖子抻得很长，所有青筋都涨得又粗又黑，如一束管子，血往脑子里涌，那筋便突突地跳，眼角咧眦着，扁担在空中颤颤地："我劈死你！"

阿雏无一丝惧色。

只有老周五的喘息声，风箱一般响。

"劈呀？怎么不劈呢？"阿雏微闭双目，用脚一下一下打着节拍。

扁担落下了，却落在地上，打出一口小坑。

阿雏走了，走了十步远，突然把小屁股冲着老周五高高地撅起，继而用手在上面有节奏地拍——这是这地方上表示蔑视和"我怕你个老鬼"的一个专门性动作。

老周五本可以将一担粪挑过河的，现在粪桶一头一只，来去不能。他抓着扁担在桥上来回乱走了几趟，然后在桥中间呆呆地站住了。不知过了多久，他蹲下，望着河水："不念他没娘没老子，我不劈死他！他知道这一点，这个坏种知道！"转而愤怒地想，"以为我不敢劈死他吗？不敢？"老周五的眼睛罩了一层泪幕，模糊起来。他这一辈子还未曾被人如此耍弄过。

五

阿雏守在路口：这是大狗放学回家的必经之路。

大狗从阿雏邪恶的眼睛里看出，阿雏心里起了什么念头。他像只小鸡子，探头探脑张望着往前蹭，见阿雏盘坐在路口，两条小腿发软了。他用求救的目光四下里寻找大人，可已近黄昏，人皆归家，路空空，田野空空。他想往后撤，却见阿雏已站起，一步一步地逼了过来。

大狗站住了，小脸黄几几的，眼睛里含着乞怜，望着阿雏。

"跟着我！"阿雏说。

穿过一块块田地，气氛越变越荒凉。一群白嘴鸦从暮空里滑过，发出翅膀摩擦气流的干燥寂寞的声音。暮色渐浓，天色暗淡下来。绿色的田野已在身后，出现于他们面前的是一片荒丘。荒丘上孤独地立着一株长得七丫八杈、扭扭曲曲的老树，天光阴晦，那老树变成黑色影子，竟像一只巨爪。东一座，西一座，荒丘上散落着老坟。

大狗寒冷起来，抬头望望天空，想寻一颗星星，然而天只光光的一片蓝。

"那天，我站在办公室里，你高兴了！"

"我……我没……没有……"

"没有？我瞧见你笑了。转过身去！"

大狗面对着朦胧莫测、似乎危机四伏的荒丘。

阿雏在田埂上坐下："你看见什么了吗？"

"没有。"

"没看见鬼火?我可看见了。蓝色的,有个绿莹莹的外圈,一跳一跳的,你没看见?"

大狗把眼睛闭得绝对严实。

"这里有鬼,村里的大人都这么说。老周五找鸭还碰到过,几个老鬼,都没面孔,光溜溜的一张板子脸。几个小鬼在坟上跳着玩……你听见了吗?"

"听……听见了……"大狗的声音跑调了,"阿雏哥,我们回……回家吧。"

"怕什么,我坐着陪你呢。"

大狗壮着胆偷看一下黑荒丘,又赶紧闭上眼睛。

夜风在荒丘上吹着,枯索的茅草瑟瑟抖动。一只野鸡在黑暗深处忽地鸣叫起来。这单调的声音,给四周又添了几分荒寂。

阿雏大概是累了,不说话了。时间一寸一寸地在荒野上走过。

"阿雏哥……"大狗觉得四下里空空的。

没人应。

"阿雏哥……"大狗觉得黑暗沉重地裹着他。

没人应。

大狗扭头一看,阿雏早没影了,顿时像一只受惊的兔子撒腿往回跑,一边跑,一边大声呼喊:"阿雏!阿雏!"呼喊了两声,觉着没有用处,又叫爹叫娘。恐怖的哭腔在夜空下传播开去……

六

大狗病了,连发两天高烧,才渐渐好转。

照理,大狗老子完全可以抓住阿雏把他揍出一裤兜子屎来。可他自己就是不明白,一见到阿雏那对喜爱盯人眼睛的眼睛,心里就空空地发虚。

大狗上学后,不再充当阿雏的尾巴,离他远远的,并且脸上少了以往那种见了他畏畏缩缩的神气,甚至敢拿眼睛瞪他,这使阿雏大为恼火。

"明天,该你给我带两只鸡蛋了!"阿雏说。

第二天大狗上学时,见了阿雏伸到他面前的手,却往开一拨,昂首挺胸大踏步地走了过去。

这回轮到阿雏吃惊了,那只伸出去就没空着回过的手,好像不是他自己的似的停在那里好一阵。眼见大狗就要踏进教室去,他连跑几步,揪住大狗的衣领,甩了几个浑圆,把他掼倒在地。

大狗爬起来,依然笔直地朝前走。

阿雏再度把他摔倒。

大狗爬起来,鼻孔流着血,一提裤子,还是朝前走,无比坚勇。

全体孩子都站立一旁看,一片寂静。

阿雏站到大狗面前,拦住去路。

大狗眼睛里噙着泪,眼珠灼灼地瞪着阿雏。他把书包掷出三米,没等众孩子反应过来,他已把脑袋往胸前一勾,牛一样对着阿雏冲过去。

阿雏一闪,大狗跌趴在地。半天,他慢慢抬起头来,嘴角流着血,歪着脸，狠巴巴地看着阿雏的眼睛。

阿雏站定了不动。

大狗从地上挣扎起来，再次反扑。这孩子不管不顾了，揪住阿雏的衣服，乱抓乱咬乱踢。

最弱小的大狗竟反叛了！

那些围观的孩子们激动得脸红红的，心抖抖的，肩挤肩，手拉手，把圈子越缩越小。

阿雏恶狠狠一拳，将大狗打翻在两米外的地上。

许多老师来了。

大狗将脑袋高昂，满面尘埃的脸上两道泪流滚滚直下。

许多孩子跟着莫名其妙地哭起来。

这所小学校的全体老师一起走向校长办公室，向韩子巷正式宣布罢教——除非立即开除阿雏！

韩子巷走到廊下，望着阿雏，凄惨一笑。良久，他说："把阿雏的作业簿找出来。"

一个老师去了。

"把阿雏自己带的凳子搬出教室。"

一个孩子去了。

他没有再看阿雏……

七

阿雏像一个幽灵，村里村外，成天游荡着。

跟随他的是无边无际的寂寞。

他百无聊赖地倚在柳树下,斜眼瞧一群蚂蚁来来去去,热热闹闹,顿生一股灭杀的欲望。他用瓦片刮起一层浮土,筑成土圩,将那群细腰小生灵全体圉在其中,然后站起,一拉裤带,让裤子一直掉到脚面。他把裤带晾在脖子上,随即,一泡又粗又急的尿一滴不落地全都注入圩中。他也不急着去将裤子提起,欣赏玩味着那些小生灵在水中翻滚挣扎的各种形象。他觉得它们很滑稽,太可笑。

他在柳树下似睡非睡地躺了半天,抓根树枝一边把空气抽得咝咝响,一边漫无目标地溜达。

不知是谁家准备砌房子,脱了满满一打谷场土坯,正一块块竖在那里晒。阿雏用脚一踢,一块土坯倒下去,压倒了另一块土坯,不一会,大约五十块一行的土坯就都"扑嘟扑嘟"倒了下去。这很有意思,阿雏很开心,又一脚,再一脚,一场的土坯皆趴在了地上。

他还是不能快活。

他甚至讨厌天上的太阳:"狗娘养的太阳,天天一样地晒人!"

不觉中,他已走到宽爷家院门口,往里一瞥,他又瞧到了墙上挂着的那面大铜锣。这几天,他老用眼睛瞟这面铜锣。

这里的规矩:锣是不能单敲的,尤其不能急促地单敲。因为这是这地方上的人一起确定下来的报火警的信号。这面锣是过去各家出份子钱铸的,一年四季挂在居于村中心的宽爷家。

他从宽爷家院门口走过去……

不知过了多少日子,一天下午,在地里干活的人,忽听村里的大铜锣"咣咣咣"不停顿地响起来了,纷纷扔掉手中的工具。

不知谁发一声喊:"救火呀!"全体村民都呐喊起来,斜刺里穿过庄稼地,朝村里疾跑。

于是,邻近几个村子的铜锣也呼应起来。这里称"失火"为"走水",因此到处在嚷嚷:"前村走水了!"他们拿着水桶、盆子、铁桶、瓦罐,浩浩荡荡地漫过来,气势磅礴而壮观。

这里是芦荡地区,房子皆用芦苇盖就,一家"走水",周围的村子都得来救的。每个村子里都有一种救火的大型工具,这里的人叫它为"水龙"。一个铜铸的喷水器安放在一个巨大的木桶里,由四个大汉抬着,到了"走水"地点放下,立即会自动地有一条从河边往上递水的队伍排成,水倒进大桶,八个大汉分站两边一递一下揿着水龙上的一根杠杆,杠杆带动活塞,水就从铜管里喷出,能喷出足五十米远。

现在,有四架水龙正往这里抬来,无数的人前呼后拥着它们。抬水龙的汉子打着昂扬的号子。

四下里一片足音。

一群"鼻涕猴"又惊又快活,到处蹦跳:"嗷——!失火啦!失火啦!"像是盼得很久了。

阿雏早扔下铜锣,攀到村头那棵老银杏树的枝叶里藏着。他可以俯瞰一切。见人流滚滚,人声鼎沸,鸡飞狗跳,他感到一次被开除后从未有过的满足,一心想在树顶上哼支关于小媳妇什么的歌。

"谁家走水?"互相急促地问。

谁也说不清谁家走水。不一会儿,就证实了谁家也没有走水。

按迷信,水龙来了没喷水是不能抬回去的,必须让它意思一下,证明火已被它所救,不然,什么地方一定还要"走水"的。人们一听说这里并没有"走水",神经一松弛,全然再没有兴致递水和揿杠杆了。村里的老人们出来作揖,这才一个个老大不快活地排列到水边去。

四架水龙开始意思了,对着房屋乱喷。外村人忽然觉着今天被耍弄了,几个揿杠杆的汉子大声嚷:"上水!再上!"管水管的几个,闭着眼睛,任意改变水管方向,有时径直朝人群喷去,于是人抱着头四下里逃散,不是把某家栅栏挤倒了,就是把院门挤坏了。不一会儿,就有许多人被浇成落汤鸡,一些人家的屋里也进了水,巷子里一片水汪汪的。外村人这才肯罢手,全体喉结一上一下地错动,"呼呼"直喘息。

村里如同遭了一场洗劫。

望望村外被践踏的庄稼地,再望望水淋淋的村子,一个老头用拐棍戳着地:"是谁敲的锣?"

没有声音。

"是谁敲的锣?!"许多人大声地喊,样子要吃人。

从草垛上跳下大狗:"我知道!"

八

上游发大水了,村里人很紧张:大坝一旦决口,大水就会将整个村子淹没。各户人家都做了往高地上撤的准备,河边上拴了许多船。

那些孩子们不想这些,照常玩。

大狗趴在船边上,放芦叶小船玩。

阿雏早就盯住了他,趁他玩得入迷,悄悄解了缆绳,紧接着操起竹篙,将船推向河心,又将竹篙在河边一点,纵身跃向空中,然后落在了船上。

大狗惶恐地喊:"放我上岸!"

"上岸?跳水吧。你跳下去,我一定会像你老子当年一样!"阿雏说这话时,阴冷阴冷的,全然不像个孩子。

大狗不会水,只好听阿雏摆布。

阿雏闭口不言,将小船拼命撑出河口,进了无边无涯的芦荡。阿雏扔下篙子,盘坐在船头上,任小船随波逐流往芦荡深处漂游。

远离人群,独自一人处在阿雏面前,又是在小船上,加之四周是白茫茫的水泊和一块块黑苍苍的芦苇滩,大狗真是发怵了。

船离村子已经很远了。

阿雏躺在船上,说:"是你,我被学校开除了。是你,告诉了他们,锣是我敲的,我被他们抓去关了两天半。他们用脚踢我!踢我的裤裆!"

"你想干吗?"

"送你到一个芦苇滩上去。也饿你两天半,然后我再来接你!"

"爸——爸——!"

"喊吧喊吧,他们听不见了。"

大狗的眼睛瞪得很大,充满了恐惧。

船又漂出去一段路,隐隐约约地听见远方有人喊:"大坝决口了!"

阿雏站起来,只见天边一线白浪朝这里涌来,不一会儿,河水就开始摇晃小船。大狗蹲到船舱里,用手紧紧抓住船的横梁哭起来。

阿雏在鼻子里轻蔑地发一声"哼"。

船被涌浪又冲出几里路,被一块芦苇滩挡住。阿雏跳上岸,把缆绳拴在一把芦苇上:"大坝决口了,船顺浪回不去,今晚上陪你了,算你小子运气!"

大狗躺在芦苇滩上不停地哭。

阿雏火了:"你再猪哼哼,我把你推到水里!"

大狗就不再"猪哼哼",但还是小声啜泣。

第二天天亮,他们发现小船在夜里被风浪冲走了。

阿雏望着汪汪水泊,愣住了。

于是大狗更加用劲地"猪哼哼",并声嘶力竭地喊他的娘老子,声音很凄厉。

阿雏捂住耳朵,倒在芦苇上动也不动。

大狗的喉咙渐渐地没有了声响,可还是跪在水边上大张着嘴喊。

阿雏忽然从地上跳起,把他拖回来:"你喊,你再喊!"

大狗软软地倒在一堆芦苇上,眼睛里透出绝望来,望着阿雏。

阿雏走向芦苇丛。他头也不抬,一根一根地将芦苇使劲地撅断,撅了一垛,然后扎成捆,不停地干了一整天,黄昏时,已在荒无人烟的芦苇滩上搭成一个小窝棚。

九

一条船也没从这里经过,三天过去了。

阿雏和大狗每天靠苦涩的芦根充饥,脸瘦小了,眼睛却瘦大了,牙齿闪着白生生的光。

阿雏觉得心又慌又空,烦躁不安。

大狗反而显得无声无息。这孩子没有勇气和力量再去想心事。

"船!"阿雏叫起来。

卧着的大狗立即跳出窝棚。

远远的,有一叶白帆,在水天相接处滑行着。

他们竭尽全力呼喊,但饥饿使他们的声音过于微弱,白帆渐渐模糊,后来完全消失。

大狗浑身哆嗦起来,目光里充满哀怜。

"村里的人会来找我俩的。"阿雏望着朦胧的远方。

"会来找我俩吗?会来吗?"大狗往阿雏身边靠了靠。

"会来的,他们一定会来找我俩的!"

拂晓,阿雏把大狗摇醒了:"你听,你听!"

有人在很远的地方呼唤。

他们像狗一样爬出窝棚,跪在水边上,静静地听着。

"听见了吧,他们在叫我俩!"阿雏兴奋得攥紧双拳。

"大狗……!"

声音越来越大,而且分别是从几个地方传来的。

"大狗……!"

"大狗……!"

只叫大狗，没人叫阿雏。

空气里弥漫了"大狗"的声音，竟没有一声"阿雏"！

阿雏突然跌倒了。当他挣扎着抬起头来时，脸颊上是鲜血和泥土。

大狗站起来，欲要对呼唤声回答。

阿雏猛然将大狗摔倒。他的眼睛里发出两束饥饿而凶恶的光芒。

"大狗……"

其呼唤声哀切动人，使人想象得到呼唤者眼睛里含着泪花。

阿雏粗浊地喘息起来，继而猛扑到大狗身上，对他劈头盖脑一顿猛揍。

大狗闭着眼睛，不做丝毫反抗，任他打，泪珠一滴一滴从眼角往下滚。

阿雏眼里汪满泪水，扔下大狗，走到一边去，坐在一捆芦苇上。

秋很深了，芦苇一片惨淡的黄。灰灰的天空下，凋落的银白芦花在漫游。大雁一行，横于高空，发着寂寞的叫声，吃力地扇动着黑翅往南飞。

阿雏望着天空，望着无家可归的雁们，泪无声地流在腮旁。

大狗爬过来，久久地望着阿雏："阿雏哥！"他虚弱地叫了一声，便晕倒了。

阿雏走了，走向芦滩深处。过了很久很久，他才摇摇晃晃地回来。他的衣服被芦苇撕豁，手、胳膊和脸被芦苇划破，留下一道道伤痕。他身后的路，是一个又一个血脚印——尖利的芦苇茬把他的双脚戳破了。

他双手捧着一窝野鸭蛋。

他跪在大狗的身边,把野鸭蛋磕破,让那琼浆一样的蛋清和太阳一般灿烂的蛋黄慢慢流入大狗的嘴中……

十

夜空很是清朗,那星是淡蓝色的,疏疏落落地镶嵌在天上。一弯明月,金弓一样斜挂于天幕。芦苇顶端泛着银光。河水撞击岸边,水浪的清音不住地响。

两个孩子躺在芦苇上。

"你在想你的娘老子?"阿雏问,口气很冷。

大狗望着月亮。

阿雏坐起身来,用眼睛逼着大狗:"他们都希望我死,对吗?"

大狗依然望着月亮。

"没说过?"

大狗点点头。

"你撒谎!"

夜十分安静。

有一只野鸭从月光里滑过。阿雏的目光追随着,一直到它落进西边的芦苇丛中……

天亮了,阿雏挪动着软得像棉絮似的双腿,拨开芦苇往西走,轻轻地,轻轻地……他从一棵大树后面慢慢地探出脑袋:一只野鸭正背对着他在草丛里下蛋。他把眼睛紧紧闭上了,浑身不由自主地哆嗦起来。

他抓了一块割苇人留下的磨刀砖,花了大约半个小时,才扶着树干站起来。他的双腿一个劲地摇着,那块磨刀砖简直就要掉到地上。有那么一阵,他一点信心没有了,甚至想大叫一声,把那只野鸭轰跑。他的眼睛瞪得很大,抓砖的手慢慢举起来。砖终于掷出去,由于力量不够,野鸭没有被砸死,负了重伤后,扑棱着翅膀往前逃了。

阿雏瘫痪在地上,望着五米外在流血的野鸭,无能为力。

野鸭歇了一阵,又往前扑棱着翅膀。

阿雏站起来跑了几步,眼见着就要抓住它,却又跌倒了。

下面的情景就是这样无休止地重复着:他往前追,野鸭就往前扑,他跌倒了,那野鸭也没了力气,耷拉着双翅趴在地上,嘎嘎地哀鸣,总是有那么一段似乎永远无法缩短的距离。

野鸭本想从窝棚这里逃进水里,一见大狗躺在那里,眼睛闪闪地亮,又改变了方向。

阿雏爬到已经饿得不能动弹的大狗身边:"等我,我一定能抓住它!"他自信地笑了笑,回头望着野鸭,目光里充满杀气。

大狗望着阿雏:他渐渐消失在芦苇丛里。

野鸭终于挣扎到水里。阿雏纵身一跃,也扑进水中……

村里的人找到了大狗。他还有一丝气息。醒来后,他用眼睛四下里寻找:"阿雏哥!阿雏哥呢?……"这个孩子变得像个小老太婆,絮絮叨叨,颠三倒四地讲芦苇滩上的阿雏:"我冷,阿雏哥把他的裤衩和背心都脱给了我……"他没有一滴眼泪,目光呆呆,说到最后总是自言自语那一句话,"阿雏哥走了,阿雏哥是光着身子走的……"

世界一片沉默。

人们去寻阿雏。

"阿雏!"

"阿雏——!"

"阿雏……!"

"阿雏……!"

男人的,女人的,老人的,小孩的呼唤声,在方圆十几里的水面上,持续了大约十五天时间。

地球上的王家庄

毕飞宇

我还是更喜欢鸭子，它们一共有八十六只。队长把这些鸭子统统交给了我。队长强调说："八十六，你数好了，只许多，不许少。"我没法数。并不是我不识数，如果有时间，我可以从一数到一千。但是我数不清这群鸭子。它们不停地动，没有一只鸭子肯老老实实地呆上一分钟。我数过一次，八十六只鸭子被我数到了一百零二。数字是不可靠的，数字是死的，但鸭是活的。所以数字永远大于鸭子。

每天天一亮我就要去放鸭子。我把八十六只也可能是一百零二只鸭子赶到河里，再沿河赶到乌金荡。乌金荡是一个好地方，它就在我们村子的最东边，那是一片特别阔大的水面，可是水很浅，水底长满了水韭菜。

我已经八周岁了。按理说我不应当在这个时候放鸭子。我应当坐在教室里，听老师们讲刘胡兰的故事、雷锋的故事。可是我不能。我要等到十周岁才能走进学校。我们公社有规定，孩子们十岁上学，十五岁毕业，一毕业就是一个壮劳力。

父亲对黑夜的兴趣越来越浓了。父亲每天都在等待，他在等待天黑。那些日子父亲突然迷上了宇宙了。夜深人静的时候，他喜欢黑咕隆咚地和那些远方的星星们待在一起。父亲站在田埂上，一手拿着手电，一手拿着书，那本《宇宙里有些什么》是他前些日子从县城里带回来的。整个晚上父亲都要仰着他的脖子，独自面对那些星空。看到要紧的地方，父亲便低下脑袋，打开手电，翻几页书，父亲的举动充满了神秘性，他的行动使我相信，宇宙只存在于夜间。天一亮，东方红、太阳升，这时候宇宙其实就没了。只剩下满世界的猪与猪，狗与狗，人与人。

父亲从县城还带回了一张世界地图。父亲把它贴在堂屋的山墙上。谁也没有料到，这张世界地图在王家庄闹起了相当大的动静。大约在吃过晚饭之后，我的家里挤满了人，主要是年轻人，一起看世界来了。人们不说话，我也不说话。但是，这一点都不妨碍我们对这个世界的基本认识：世界是沿着"中国"这个中心辐射开去的，宛如一个面疙瘩，有人用擀面杖把它压扁了，它只能花花绿绿地向四周延伸，由此派生出七个大洲、四个大洋。中国对世界所做出的贡献，世界地图上已经是一览无遗。

世界地图同时修正了我们关于世界的一个错误看法。关于世界，王家庄的人们一直认为，世界是一个正方形的平面，以王家庄作为中心，朝着东南西北四个方向纵情延伸。现在看起来不对。世界的开阔程度远远超出了我们的预知，也不呈正方，而是椭圆形的。地图上左右两侧的巨大括弧彻底说明了这个问题。

　　看完了地图我们就一起离开了我们的家。我们来到了大队部的门口，按照年龄段很自然地分成了几个不同的小组。我们开始讨论。概括起来说有这样的几点：第一，世界究竟有多大？到底有几个王家庄？地图上什么都有，甚至连美帝、苏修都有，为什么反而没有我们王家庄？王家庄所有的人都知道王家庄在哪儿，地图它凭什么忽视了我们这个问题？我们完全有必要向大队的党支部反映一下。第二，这一点是王爱国提出来的，王爱国说，如果我们像挖井那样不停地往下挖，不停地挖，我们会挖到什么地方呢？世界一定有一个基础，这个是肯定的。可它在哪里呢？是什么托起了我们？是什么支撑了我们？如果支撑我们的那个东西没有了，我们会掉到什么地方去？这个问题吸引了所有的人。人们聚拢在一起，显然，开始担忧了。我们不能不对这个问题表示我们深切的关注。当然，答案是没有的。因为没有答案，我们的脸庞才格外地凝重，可以说暮色苍茫。还是王爱国首先打破了沉默，提出了一个更令人害怕的问题。第三，如果我们出门，一直往前走，一定会走到世界的尽头，白天还好，万一是夜里，一脚下去，我们肯定会掉进无底的深渊。那个深渊无疑是一个无底洞，这就是说，我们掉下去之后，既不会被摔死，也不会被淹死，我们只能不停地坠落，一直坠落，永远坠落。王爱国的话深深吸引了我们，我们感受到了恐惧，无边的恐惧，无尽无止的恐惧。因为恐惧，我们紧紧地挨在一起。

但是，王爱国的话立即受到了质疑。王爱贫马上说，这是不可能的。王爱贫说，他看地图看得非常仔细，世界的尽头并不是在陆地，只不过是海洋，并没有路，我们是不会走到那里去的。王爱贫补充说，地图上清清楚楚，世界的左边是大西洋，右边也是大西洋，我们怎么能走到大西洋里去呢？

王爱贫言之有理。听了他的话我们都松了一口气，同时心存感激。然而，王爱国立即反驳了。王爱国说，假如我们坐的是船呢？王爱国的话又把我们甩进了无底的深渊。形势相当严峻，可以说危在旦夕。是啊，假如我们坐的是船呢。假如我们坐的是船，永远坠落的将不只是我们，还得加上一条小舢板。这个损失将是无法弥补的。我们几个岁数小的一起低下了脑袋。说实话，我们已经不敢再听了。就在这个最紧要的关头，还是王爱贫挺身而出了。王爱贫没有正面反击王爱国，而是直接给了我们一个结论："这是不可能的！"王爱国说："为什么不可能？"王爱贫笑了一笑，说："如果船掉下去了，那么请问，满世界的水都淌到了哪里？"我们看了看身后的鲤鱼河。水依然在河里，并没有插上翅膀，并没有咆哮而去，安静得像口井。我们看到了希望，心安理得。我们坚信，有水在，就有我们在。王爱贫挽救了我们，同时挽救了全世界：我们都一起看着王爱贫，心中充满爱戴与崇敬。他为这个世界立下了不朽的功勋。

但是，我还是不放心。或者说，我还是有疑问，在大西洋的边缘，满世界的水怎么就没有淌走呢？究竟是什么力量维护了大西洋？我突然想起了世界地图。可以肯定，世界最初的形状一定还是正正方方的，大西洋的边沿原来肯定是直线。地图上的巨大外弧线只能说明一个问题，那是被海水撑的：像一张弓，弯过来了，充满了张力，充满了崩溃的危险性。然而，它终究没有崩溃。这是一种奇异的力量，不可思议的力量，我们不敢承认的力量。然而，是一种存在的力量。

我们完全可以设想，大西洋的边沿一旦决口了，海水会像天上的流星，消失在无边的黑暗中。水都是手拉手的，它们只认识缺口，满世界的水都会被缺口吸光，我们王家庄鲤鱼河的水也会奔涌而去。到那时，神秘的河床无疑会袒露在我们的面前，河床上到处都是水草、鱼虾、蟹、河蚌、黄鳝、船、鸭子，也许我们家的码头上还会出现我去年掉进河里的五分钱的硬币。可是，五分钱能把满世界的水重新买回来么？

用不了两天这个世界就臭气熏天了。我傻在那里，我的心像夏夜里的宇宙，一颗星就是一个窟窿。我没有回家，直接找到了我的父亲。我要在父亲那里找到安全，找到答案。父亲站在田埂上，一手拿着书，一手拿着手电，仰着头，一心没有二用。满天的星光，交相辉映，全世界只剩下我和我的父亲。我说："王家庄到底在哪里？"父亲说："我们在地球上。地球也是宇宙里的一颗星。"我仰起头，看着夜空。我一定要从宇宙中找到地球，看地球在哪里闪烁。我从父亲的手上接过手电，到处照，到处找。星光灿烂，但没有一处是手电的反光。没有了反光，手电也就彻底失去了意义。我急了，说："地球在哪里？"父亲说："地球是不能用眼睛去找的，要用你的脚。"父亲对着漆黑的四周看了几眼，用手掸了掸身边的萤火虫，犹豫了半天，说："我们不说地球上的事。"我把手电塞到父亲的手上，掉头就走。走到很远的地方，对着父亲的方向我大骂了一声:"都说你是神经病。"

我坐在小舢板上,八十六只也可能是一百零二只鸭子围绕在我的四周,它们全力以赴地吃,全力以赴地喝,它们完全不能理会我内心的担忧。万里无云,宇宙已经没有了,天上只有一颗太阳。乌金荡的水把天上的阳光反弹回来了,照耀在我的身上。我的身上布满了水锈,水锈是黑色的,闪闪烁烁。然而,这丝毫不能说明我的内心通体透亮。乌金荡里只有我,以及我的八十六只也可能是一百零二只鸭子。我承认我有点恐惧。因为我在水里,我在船上。我非常担心乌金荡的水流动起来,我担心它们向着远方不要命地呼啸。对于水,我是知道的,它们一旦流动起来了,眨眼的工夫就会变成一条滑溜溜的黄鳝,你怎么用力都抓不住它们。最后,你只能看着它们远去,两手空空。

一切都是世界地图闹的。可是我不打算抱怨世界地图什么。即使没有那张该死的地图,世界该是什么样一定还是什么样。危险的确是存在的。我甚至恨起了我的父亲,人间的麻烦是如此巨大,你不问不管,你去操宇宙的那份心做什么?

然而,危险在任何时候都是有诱惑力的。它使我陷入了无休无止的想象。我的思绪沿着乌金荡的水面疯狂地向前逼近,风驰电掣,一直来到了大西洋。大西洋很大,比乌金荡和大纵湖还要大,突然,海水拐了一个九十度的弯,笔直地俯冲下去。这时候你当然渴望变成一只鸟,你沿着大西洋的剖面,也就是世界的边沿垂直而下,你看见了带鱼、梭子蟹、海豚、剑吻鲨、乌贼、海鳗,它们在大西洋的深处很自得地沉浮。它们游弋在世界的边缘,企图冲出来。可是,世界的边沿挡住了它们,冲进来的鱼"当"

地一下，被反弹回去了，就像教室里的麻雀被玻璃反弹回去一样。基于此，我发现，世界的边沿一定是被一种类似于玻璃的物质固定住的。这种物质像玻璃一样透明，像玻璃一样密不透风。可以肯定，这种物质是冰。是冰挡住了海水的出路。是冰保持了世界的稳固格局。

我拿起竹篙，一把拍在了水面上。水面上"啪"的一声，鸭子们伸长了脖子，拼命地向前逃窜，我要带着我的鸭子，一起到世界的边缘走一走，看一看。

我把鸭子赶出乌金荡，来到了大纵湖。大纵湖一望无际，我坚信，穿过大纵湖，只要再越过太平洋，我就可以抵达大西洋了。我没有能够穿越大纵湖。事实上，进入大纵湖不久我就彻底迷失了方向。我满怀斗志，满怀激情，就是找不到方向：望着茫茫的湖水，我喘着粗气，斗志与激情一落千丈。我是第二天上午被两位社员用另外一条小舢板拖回来的。鸭子没有了。这一次不成功的探险损失惨重，它使我们第二生产队永远失去了八十六只也可能是一百零二只鸭子。两位社员没有把我交给我的父亲，直接把我交给了队长。队长伸出一只手，提起我的耳朵，把我拽到了大队部。大队书记在那儿，父亲也在那儿。父亲无比谦卑，正在给所有的人敬烟，给所有的人点烟。父亲一看见我立即走了上来，厉声问："鸭子呢？"我用力睁开眼，说："掉下去了？"父亲看了看队长，又看了看大队支书，大声说："掉到哪里去了？"我说："掉下去了，还在往下掉。"父亲仔细望着我，摸了摸我的脑门。父亲的手很白，冰凉的。父亲掴了我一个大嘴巴。我在倒地的同时就睡着了。听村子里的人说，倒地之后我的父亲还在我的身上踢了一脚，告诉大队支书说我有神经病：后来王家庄的人一直喊我神经病。

"神经病"从此成了我的名字。我非常高兴。它至少说明了一点，我八岁的那一年就和我的父亲平起平坐了。

鞋

刘庆邦

有个姑娘叫守明,十八岁那年就定了亲。姑娘家一定亲,就算有了未婚夫,找到了婆家。未婚夫这个说法守明还不习惯,她觉得有些陌生,有些重大,让人害羞,还让人害怕。她在心里把未婚夫称作"那个人",或遵从当地的传统叫法,把未婚夫称为哪哪庄的。那个人的庄子离她们的庄子不远,从那个人的庄子出来,跨过一座高桥,往南一拐,再走过一座平桥,就到了她的庄。两个村庄同属一个大队,大队部设在她的庄。

那个人家里托媒人把定亲的彩礼送来了,是几块做衣服的布料,有灯芯绒、春风呢、蓝卡其、月白府绸,还有一块石榴红的大方巾。那时他们那里还很穷,不兴买成衣,这几样东西就是最好的。听说媒人来送彩礼,守明吓得赶紧躲进里间屋去了。

手捂胸口,大气都不敢出。母亲替女儿把东西收下了。母亲倒不客气。

　　媒人一走,母亲就把那包用红方巾包着的东西原封不动地端给了女儿,母亲眼睛弯弯的,饱含着掩饰不住的笑意,说:"给,你婆家给你的东西。"

　　对于婆家这两个字眼儿,守明听来也很生分,特别是经母亲那么一说,她觉得有些把她推出去不管的味道,她撒娇中带点抗议地叫了一长声妈,说:"谁要他的东西,我不要!"

　　母亲说:"不要好呀,你不要我要,我留着给你妹妹做嫁妆。"

　　守明的妹妹也在家,她上来就叫出了那个人的名字,说她才不要那个人的破东西呢,她要把那个人的东西退回去,就说姐嫌礼轻,要送就重重地来。

　　"再胡说我撕你的嘴!"守明这才把东西从母亲手里接过来了。她有些生妹妹的气,生气不是因为妹妹说的礼轻礼重的话,而是妹妹叫了那个人的名字。那名字在她心里藏着,她小心翼翼,自己从来舍不得叫。妹妹不知从哪里听说的,没大没小,无尊无重,张口就叫出来了。仿佛那个名字已与她的心有了某种连结,妹妹猛丁一叫,带动得她的心疼了一下。她想训妹妹一顿,让妹妹记住那个名字不是哪个小丫头片子都能随便叫的,想到妹妹是个心直口快的,说话从来没遮拦,说不定又会说出什么造次话来,就忍住了。

　　守明正把东西往自己的木箱里放,妹妹跟过来了,要看看包里都是什么好东西。

　　姐姐对她当然没好气,她说:"哪有好东西,都是破东西。"

　　妹妹嬉皮笑脸,说刚才是跟姐姐说着玩儿呢。向姐姐伸出了手。

守明像是捍卫什么似的，坚决不让妹妹看，连碰都不让妹妹碰，她把包袱放进箱子，啪嗒就上锁了。

妹妹被闪了手，觉得面子也闪了，脸上有些下不来，她翻下脸子，把姐姐一指说："你走吧，我看你的心早不在这家了！"

"我走不走你说了不算，你走我还不走人呢。"

"谁要走谁不是人！"

母亲过来把姐妹俩劝开了。母亲说："当闺女的哪个不是嘴硬，到时候就由心不由嘴了。"

家里只有守明一个人时，守明才关了门，把彩礼包儿拿出来了。她一块一块地把布页子揭开，轻轻抚抚摸摸，放在鼻子上闻闻，然后提住布块两角围在身上比划，看看哪块布适合做裤子，哪块布做上衣才漂亮。她把那块石榴红的方巾也顶在头上了，对着镜子左照右照。她的脸早变得红通通的，很像刚下花轿的新娘子。想到新娘子，她把眉一皱，小嘴一咕嘟，做出一副不甚情愿的样子。又觉得这样子不太好看，她就展开眉梢儿，耸起小鼻子，轻轻微笑了。她对自己说："你不用笑，你快成人家的人了。"说了这句，不知为何，她叹了一口气，鼻子也酸酸的。

有来无往不成礼，按当地的规矩，守明该给那个人做一双鞋了。这对守明来说可是一件了不得的大事，平生第一次为那个将要与她过一辈子的男人做鞋，这似乎是一个仪式，也是一个关口，人家男方不光通过你献上的鞋来检验你女红的优劣，还要从鞋上揣测你的态度，看看你对人家有多深的情义。画人难画手，穿戴上鞋最难做。从纳底、做帮儿，到缝合，需要几个节儿，哪个环节不对了，错了针线，鞋就立不起来，拿不出手。给未婚夫的第一双鞋，必须由未婚妻亲手来做，任何人不得代替，一针一线都不能动。让别人代做是犯忌的，它暗示着对男人的不贞，对今后日子的预兆是不祥的。为这第一双鞋，难坏当地多少女儿家啊！有那手拙的闺女，把鞋拆了哭，哭了拆，鞋没做成，流下的眼泪差不多能装一鞋窠了。做鞋守明是不怕的，她给自己做过鞋，也给父亲和小弟做过鞋，相信自己能给那个人把第一双鞋做合脚。在给父亲和小弟做鞋时，她就提前想到了今天这一关，暗暗上了几分练习的心，如今关口就在眼前，她的心如箭在弦，当然要全神贯注。

守明开始做鞋的筹备工作了。她到集上买来了乌黑的鞋面布和雪白的鞋底布，一切都要全新的，连袼褙和垫底的碎布都是新的，一点旧的都不许混进来。她的表情突然变得严肃起来，让母亲觉得有些好笑，但母亲不敢笑，母亲怕笑羞了女儿。母亲悄悄地帮女儿做一些女儿想不到、或想到了不好意思开口的事情，比如：女儿把做鞋的一应材料都准备齐了，才想起来还没有那个人的鞋样子。不论扎花子、描云子，还是做鞋，样子是必要的，没样子就不得分寸，不知大小，便无从下手。女儿正犯愁，母亲打开一个夹鞋样的书本，把那副鞋样子送到了女儿面前。原来母亲事先已托了媒人，从那男孩子的姐姐手里把男孩子的鞋样子讨过来了。女孩不相信这是真的，但从母亲那肯定的眼光里，她感到不用再问，只把鞋样子接过来就是了。她心头涌出一股说不出的感动，遂低下头，不敢再看母亲。

拿到鞋样子，终于知道了那个人的脚大小。她把鞋底的样子放在床上，张开指头拃了拃，心中不免吃惊，天哪，那个人人不算大，脚怎么这样大。俗话说脚大走四方,不知这个人能不能走四方。她想让他走四方,又不想让他走四方。要是他四处乱走,剩下她一个人在家可怎么办?她想有了,应该在鞋上做些文章,把鞋做得比原鞋样儿稍小些,给他一双小鞋穿,让他的脚疼,走不成四方。想到这里,她仿佛已看见那人穿上了她做的新鞋,那个人由于用力提鞋,脸都憋得红了。

她问:"穿上合适吗?"

那个人吭吭哧哧,说合适是合适,就是有点紧,有点夹脚。

她做得不动声色,说:"那是的,新鞋都紧都夹脚,穿的次数多了就合适了。"

那个人把新鞋穿了一遭,回来说脚疼。

她准备的还有话,说:"你疼我也疼。"

那个人问她哪里疼。

她说:"我心疼。"

那个人就笑了,说:"那我给你揉揉吧!"

她有些护痒似的,赶紧把胸口抱住了。她抱的动作大了些,把自己从幻想中抱了出来。她意识到自己走神走远了,走到了让人脸热心跳的地步,神都回来一会儿了,摸摸脸,脸还火辣辣的。

瞎想归瞎想,在动剪子剪袼褙时,她还是照原样儿一丝不差地剪下来了。男人靠一双脚立地,脚是最受不得委屈的。

做鞋的功夫在纳鞋底上,那真称得上千针万线,千花万朵。在选择鞋底针脚的花型时,她费了一番心思:是梅花型好?枣花型好?还是对针子好呢?她听说了,在此之前,那个人穿的鞋都是他姐姐给做,他姐姐的心灵手巧全大队有名,对别人的针线活儿一般看不上眼。待嫁的闺女不怕笨，就怕婆家有个巧手姐。这个巧手姐给她摊上了。不用说，等鞋做成，必定是巧手姐先来个百般验看。她说什么也不能让婆家姐姐挑出毛病来。守明最后选中了枣花型。她家院子里就有一棵枣树，四月春深，满树的枣花开得正喷，她抬眼就看见了，现成又对景。枣花单看有些细碎，不起眼，满树看去，才觉繁花如雪，枣花开时也不争不抢，不独领枝头。枝头冒出新叶时，花在悄悄孕育。等树上的新叶浓密如盖，花儿才细纷纷地开了。人们通常不大注意枣花，是因远远看去显叶不显花，显绿不显白。白也是绿中白。可识花莫若蜂，看看花串中间那嗡嗡不绝的蜜蜂就知道了，枣花的美，何其单纯，朴素。枣花的香，才是真正的醇厚绵长啊！守明把第一朵枣花"搬"到鞋底上了。她来到枣树下，把鞋底的花儿和树上的花儿对照了一下，接着鞋底上就开了第二朵、第三朵……

那时生产队里天天有活儿，守明把鞋底带到地上，趁工间休息时纳上几针。她怕地里的土会沾到白鞋底上，用拆口罩的细纱布把鞋底包一层，再用手绢包一层，包得很精致，像是什么心爱的宝贝。她想到姐妹们和嫂子们会拿做鞋的事打趣她，不知出于何种心理需求，她还是忐忐忑忑地把"宝贝"带到地里去了。那天的活儿是给棉花打疯杈子，刚打一会儿，她的手就被棉花的嫩枝嫩叶染绿了，像扑克牌上大鬼小鬼的手。这样的手是万万不敢碰上白鞋底的，若碰上了，鞋底不变成鬼脸才怪。工间休息时，她来到附近河边，团一块黄泥作皂，把手洗了一遍又一遍。这还不算，拿起鞋底时，她先把手可能握到的部分用纱布缠上，捏针线的那只手也用手绢缠上，直到确信自己的手不会把鞋底弄脏，才开始纳了一针。

守明是躲到一旁纳的,一个嫂子还是看到了。底是千层底,封底是白细布,特别是守明那份痴痴迷迷的精心劲儿,一看就不同寻常。嫂子问她给谁做的鞋。

守明低着眉,说:"不知道!"

她一说"不知道",大家都知道了,一齐围绕上,拿这个将要做新娘的小姑娘开玩笑。有的说,看着跟笏板一样,怎么像个男人鞋呢!有的问,给你女婿做的吧?有人知道那个人的名字,干脆把名字指出来了。

守明还说"不知道"。

她的脸红了,耳朵红了,仿佛连流苏样的剪发也红了,剪发遮不住她满面的娇羞,却烤得她脑门上出了一层细汗。她虽然长得结结实实,饱饱满满,身体各处都像一个大姑娘了,可她毕竟才十八岁,这样的玩笑她还没经过,还不会应付。她想恼,恼不成。想笑,又怕把心底的幸福泄露出去,反招人家笑话。还有她的眼睛,眼睛水汪汪、亮闪闪的,蕴满无边的温存,闪射着青春少女激情的火花,一切都遮掩不住,这可怎么办呢?后来她双臂一抱,把脸埋在臂弯里了,鞋底也紧紧地抱在怀里。这样,谁也看不见她的眼睛和她的"宝贝"了。

姐妹们和嫂子说:"哟,守明害羞了,害羞了!"

她们的玩笑还没有完,一个嫂子惊讶地哟了一声,说:"说曹操,曹操就到,守明快看,路上过来的那人是谁?"说着对众人挤眼,让众人配合她。

众人说,不巧不成双,真是的!?

守明的脑子这会儿已不会拐弯儿,她心中轰地热了一下,心想,路上过来的那个人一定是她的那个人,那个人在大队宣传队演过节目,和大队会计又是同学,来大队部走走是可能的。她仿佛觉得那个人已经到了她跟前,她心头大跳,紧张得很。别人越是劝她,拉她,让她快看,再不看那个人就走过去了,她越是把脸埋得低。她心里一百个想看,却一眼也不敢看,仿佛不看是真人真事,一看反而会变成假人假事似的。

守明的一位堂姐大概也受过类似的蒙蔽,有些看不过,帮守明说了一句话,让守明别上她们的当。又说,我守明妹子心实,你们逗她干什么!?

守明这才敢抬起头来,往地头的大路上迅速瞥了一眼,路上走过来的人倒是有一个,那是一个戴烂草帽、光脊梁,像吓唬老鸹的谷草人一样的老爷爷,哪里是她日思夜想的那个人。心说不看,管不住自己,还是看了,一看果然让人失望。守明觉得受了欺负,跃起来去和那位始作俑者的坏嫂子算账。那位嫂子早有防备,说着"好好,我投降",像兔子一样逃窜了。

又开始给棉花打杈子时,守明的心里像是生了杈子,时不时往河那岸望一眼。河里边就是那个庄子的地,地尽头那绿苍苍的一片,就是那个庄子,她的那个人就住在那个庄子里。也许过个一年半载,她就过桥去了,在那里的地里干活,在那个不知多深多浅的庄子里住,那时候,她就不是姑娘家了。至于是什么,她还不敢往深里去想。只想一点点开头,她就愁得不行,心里就软得不行。棉花地里陡然飞起一只鸟,她打着眼罩子,目光不舍地把鸟追着,眼看着那只鸟飞过河面河堤,落到那边的麦子地里去了。

麦子已经泛黄,热熏熏的南风吹过,无边的麦浪连天波涌。守明漫无目的地望着,不知不觉眼里汪满了泪水。

　　第一次看见那个人是在全大队的社员大会上,那个人在黑压压的会场中念一篇大批判的稿子,她不记得稿子里说的是什么,旁边的人打听那个人是哪庄的,叫什么名字,她却记住了。那个人头发毛毛的,唇上光光的,不像个成年人,像个刚毕业的中学生。她当时想,这个男孩子,年纪不大,胆子可够大的,敢在这么多人面前念那么长一大篇话,要是她,几个人抬她,她也不敢站起来。就算能站起来,她也张不开嘴。再次看见那个人是大队文艺宣传队在她的村演节目的时候,那个人出的节目是二胡独奏,拉的是一支诉苦的曲子,叫天上布满星、月牙儿亮晶晶……那个人拉时低着头,抹搭着眼皮,精神头儿一点也不高,想不到他拉出的曲子那样好听,让人禁不住地眼睛发潮,鼻子发酸。以后宣传队到别的村演出,到公社去演,她跟别的姐妹搭成帮,都追着去看了,看到那个人不光会拉二胡,吹笛子,还会演小歌剧和活报剧。演戏时脸上是化了妆的,穿的衣服也是戏中人的衣服,这让守明觉得那个人有点好看。要是舞台上有好几个人在演,守明不看别人,专挑那一个人看。她心里觉得和那个人已经有点熟了,她光看人家,不知人家看不看她。她担心那个人看她时没注意到,就不错眼珠地看着那个人的一举一动。她这个年龄正是心里乱想的年龄,难免七想八想,想着想着,就把自己和那个人联系到一块儿去了。她不知道那个人有没有对象,要是没对象的话,不知那个人喜欢什么样的……她突然感到很自卑,有一次戏没看完就退场了,在回家的路上她骂了自己,骂完了她又有点可怜自己,长一声短一声地叹气。

　　有一天,家里来个媒人给守明介绍对象,守明正要表示心烦,表示一辈子也不嫁人,一听介绍的不是别人,正是让她做梦的那个人,她一时浑身冰凉,小脸发白,显得有些傻,不知如何表态。媒人一走,她心说,我的亲娘哎,这难道是真的吗!泪珠子一串一串往下掉。母亲以为她对这门亲事不乐意,对她说,心里不愿意就不愿意,别委屈自己。守明说:"妈,我是舍不得离开您!"

　　守明相信慢工出巧匠的话,她纳鞋底纳得不快,她像是有意拉长做鞋的过程,每一针都慎重斟酌,每一线都一丝不苟。回到家,她把鞋底放在枕头边,或压在枕头底下,每天睡觉前都纳上几针,看上几遍。拿起鞋底,她想入非非,老是产生错觉,觉得捧着的不是鞋,而是那个人的脚。她把"脚"摸来摸去,揉来揉去,还把"脚"贴在脸上,心里赞叹:这"脚"是我的,这"脚"真是不错啊!既然得了那个人的"脚",就等于得了那个人的整个身体。有天晚上,她把"那个人的脚"搂到怀里去了,搂得紧贴自己的胸口。不料针还在鞋底上别着,针鼻儿把她的胸口高处扎了一下,几乎扎破了,她说:"哟,你的指甲盖这么长也不剪剪,扎得人家怪痒痒的,来,我给你剪剪!"她把针鼻儿顺倒,把"脚"重新搂到怀里,说:"好了,剪完了,睡吧!"她眯缝着眼,怎么也睡不着,心跳,眼皮儿也弹弹地跳。点上灯,拿着小镜子照照脸,她吓了一跳,脸红得像发高烧。她对自己说:"守明,好好等着,不许这样,这样不好,让人家笑话!"她自我惩罚似的把自己的脸拍打了一下。

　　媒人递来消息,说那个人要外出当工人。守明一听有些犯愣,这真应了那句脚大走四方的话。看来手上的鞋得抓紧做,做成了好赶在那个人外出前送给他。那个人此一去不知何时才能回还,她一定得送给那个人一点东西,让那个人念着她,记住她,她没有别的可送,只有这一双鞋。这双鞋代表她,也代表她的心。她有点担心,那个人到了外边会不会变心呢?

这时妹妹插了一手。看守明一错眼神,拿起鞋底纳了几针。她一眼就发现了,一发现就恼了,她质问妹妹:"谁让你动我的东西,你的手怎么这么贱!"她把鞋底往床上一扔,说她不要了,要妹妹赔她。

妹妹没见过姐姐这么凶,她吓得不敢承认,说她没动鞋底子,连摸也没摸。

"还敢嘴硬,看看那上面你的脏爪子印!"她过去一把捉住妹妹的手,捉得好狠。拉妹妹去看。

妹妹坠着身子使劲往后挣,嚷着坚持说没动,求救似的喊妈,声音里带了哭腔。

母亲过来,问她们姐妹俩又怎么了。

守明说妹妹把她的鞋底弄脏了。

母亲把鞋底看了看,这不是干干净净的吗?!

守明说:"就脏了,就脏了,反正我不要了,她得赔我,不赔我就不算完!"她觉得母亲在偏袒妹妹,把妹妹的手冲母亲一扔,扔开了。

母亲说:"不算完怎么了,你还能把她吃了?你是姐姐,得有个当姐姐的样子。"母亲又吵妹妹,"愣在那里干什么,还不下地给我薅草去!"

妹妹如得了赦令，赶紧走了。

守明把母亲偏袒妹妹的事指出来了，说："我看你就是偏向她！"她隐约觉出，母亲开始把她当成人家的人了，这使她伤感顿生。

母亲说："你们姐妹都是我亲生亲养，我对哪个都不偏不向。我看你这闺女越大越不懂事，不像是个有婆家的人。要是到了婆家，还是这个脾气，说话不照前顾后，张嘴就来，人家怎么容你，你的日子怎么过？"

母亲的话使守明的想法得到印证，母亲果然把她当成人家的人了。她说："我就是不懂事……我哪儿也不去，死也要死在家里！"说着一头扑在床上就哭起来了。哭着还想到了那个人，那个人要远走，也不来告诉她一声，不知为什么！这使她伤心伤得更远。

母亲坐在床边劝她，说鞋底别说没脏，脏了也不怕，到时用漂白粉擦一遍，再趁邻家在大缸里用硫磺熏粉条时熏一遍，鞋底保证雪白雪白的，比戏台上粉底朝靴的漆白底都白。

守明把母亲的话听到了，也记住了，但她的伤感并不能有所减轻。

在一个落雨的日子，守明把鞋做好了，做得底是底帮是帮的，很有鞋样儿。她把鞋拿在手上近看，靠在窗台上远观，心里还算满意。

鞋做成后，守明不大放得住。那双鞋像是她心中的一团火，她一天不把"火"送出去，心里就火烧火燎的。还好，那个人外出的日期定下来了，托媒人传话，向她约会，她正好可以亲手把鞋交给那个人。

约会的地点是那座高桥，时间是吃过晚饭之后。当晚守明没有吃饭，她心跳得吃不下。等别人吃过晚饭，天已经黑透了。那天晚上月亮很细，像一支透明的鸽子毛。星星倒很密，越看越密。守明心想，一万颗星星也顶不上一颗月亮，要这么多星星有什么用！地里的庄稼都长出来了，到处是黑树林，有些吓人。母亲要送她到桥头去。她不让。

守明把一切都想好了，那个人若说正好，她就不许他脱下来，让他穿这双鞋上路——人是你的，鞋就是你的，还脱下来干什么！临出门，她又改了主意，觉得只让那个人把鞋穿上试试新就行了，还得让他脱下来，脱下来带走，保存好，等他回来完婚那一天才能穿。她要告诉他，在举行婚礼那一天，她若是看不见他穿上她亲手做的这双鞋，她就会生气，吹灭灯以后也不理他。当然了，就这个事情守明会征求他的意见，他要是点头同意了，守明就等于得到一个比穿鞋不穿鞋意义深远得多的重大许诺，她就可以放心地等待他了。

守明的设想未能实现，她两次让那个人把鞋试一试，那个人都没试。第一次，她把鞋递给那个人时，让那个人穿上试试。那个人对她表示完全信任似的，只笑了笑，说声谢谢，就把鞋竖着插进上衣口袋里去了。二人依着桥上的石栏说了一会儿话，守明抓了一个空子，再次提出让那个人把鞋试一试。那个人把他的信任说了出来，说不用试，肯定正好。

"你又没试，怎么知道正好呢？"

那个人固执得真够可以，说不用试，他也知道正好。直到那个人说再见，鞋也没试一下。那个人说再见时，猛地向守明伸出了手，意思要把手握一握。

这是守明没有料到的。他们虽然见过几次面，说过几次话，但从来没有碰过手。和男人家碰手，这对守明来说可是一件了不得的大事，她心头撞了一下，犹豫了一会儿，还是低着头把手交出去了。那个人的手温热有力，握得她的手忽地出了一层汗，接着她身上也出汗了。她抬头看了看，在夜色中，见那个人正眼睛很亮的看着她。她又把头低下去了。那个人大概怕她害臊，就把她的手松开了。

守明下了桥往回走时，见夹道的高庄稼中间拦着一个黑人影，她大吃一惊，正要折回身去追那个人，扑进那个人怀里，让她的那个人救她，人影说话了，原来是她母亲。

怎么会是母亲呢！在回家的路上，守明一直没跟母亲说话。

后 记：

我在农村老家时，人家给我介绍了一个对象。那个姑娘很精心地给我做了一双鞋。参加工作后，我把那双鞋带进了城里，先是舍不得穿，想留作美好的纪念。后来买了运动鞋、皮鞋之后，觉得那双鞋太土，想穿也穿不出去了。第一次回家探亲，我把那双鞋退给了那位姑娘。那姑娘接过鞋后，眼里一直泪汪汪的。后来我想到，我一定伤害了那位农村姑娘的心，我辜负了她，一辈子都对不起她。

年关六赋

阿 成

爷爷活着的时候,每逢旧历的春节,老三的父母一定要领着他们生育的四位雌雄,到爷爷的家去过年。爷爷死后,老三这兄妹四人也一定得到父母的家守岁。

这是王氏家族的规矩。

——题记

赋一

老三爷爷的家,临着一条江。

这条江叫松花江,先前叫速末水,比较有名气,也很古老,颇为寂寞地流了几千年。两堤的歪柳,婆婆娑娑,可以望到将尽不尽之处。

速末水时代，江水大阔，浩兮荡兮，霸去了现今道里、道外和松蒲三个区镇所踞的几万公顷土地。就是现在，三个区镇仍在南岗区的鸟瞰之下：鸟从南岗区的平地翔出，到这三个区镇就无端高出几百公尺。故此，南岗区，一直被哈尔滨人仰慕为"天堂"。

"天堂"地势伟岸，文明发达，人之心态也日趋居高临下：自矜自诩，自恋自爱，以为领着哈尔滨几十年的风骚。

位次"天堂"的道里区，异人扭集，洋业鼎盛，歌兮舞兮，朝夕行乐，几乎无祖无宗。誉为"人间"。人间者，比上而不足，比下则有余。善哉！

道外区，行三。净是国人，穷街陋巷，勃郁烦冤。为生活计，出力气，出肉体，也干买卖，也来下作。苦苦涩涩，悲悲乐乐，刀进，秽骂，亦歌亦泣，生七八子者不鲜："今朝有酒今朝醉，明朝没酒现掂对。"得"地狱"之称不枉。

天公巧成，老三和他的两位哥哥，竟分别住在这三个区。大妹及父母则住在江对岸的松蒲镇。

松蒲镇，现今也归于道外区。但洒脱得多，大有世外桃源的味道。草势汹涌，水汊纵横，落云降鸟，十分清平。早先是一渔村，次成疗养区，今为游览区，老、中、青三结合的恋爱区："芳洲拾翠暮忘归，秀野踏青来不定。"入了夜，草窠里有不少叫鸟儿糊涂的东西。此地先前是一叶小洲，站在江对岸某株歪柳下一眺，人间夕照红红艳艳，恰好从岛腰处柔柔地浴下去。灿烂辉煌，佛光四射，得一名："太阳岛"。

太阳岛亦有另一说法，道是倭寇给取的，象征大日本如是红太阳一般，占了此地直至永久。老三的爷爷听了，便要跳骂："放屁！操他娘，太阳岛，是我取的！"

老三的爷爷，是古齐国的山东人。山东地俗强悍，古风就不甘寂寞，反过朝廷，多侠义，也作恶，多孝忠，也招安，很有冒险精神。

苍天可鉴，老三的爷爷，的的确确是这里的第一家住户，壮年时，逢山东大灾，不忍吞石餐土，驿水驿马，到东北来挖宝。

东北自古殷富，且多山林，素有三宗珍宝：人参、貂皮、鹿茸角。此三者，为九州之上品。餐冰卧雪，跑山居洞，弄些回老家，置田、置房、娶好样女人，续宗氏香火，绰绰乎有余。

那时，为此目的来东北的山东人很多，然"无颜见江东父老"的也很多。老三的爷爷当属后者。

两手空空，从大、小兴安岭摔出来，野鬼般，劳顿疲苦，都想笑笑，都想歇歇，就纠集三两同党，驶一条不小的篷船，再找老客易些柴米盐茶以及烟酒一类，在松花江上顺流而下，"三花银鳞细，生拌野味香"，过神仙的日子。

这样的船，在当时叫"漂漂船"。

"漂漂船"的船主们，都要凑钱雇一女人。这女人必定是同乡，或是同府，称"漂漂女"。漂漂女到东北来，常常是婚姻不尽人意，或者是被"第三者插足"，抑或偷了中意，便学孙二娘母大虫，弃乡出走——去他娘的山东吧！

汉子们选的漂漂女，一身体好，抗折腾；二模样要顺，耐琢磨。一口的家乡话，你一句我一句，长一句短一句，硬一句软一句，感到"不似山东，胜似山东"，算是回家了。

漂漂女很贤惠。除了给"神仙"们温酒、煮茶、擀面、烙饼、包饺子、洗衣以及缝破补绽之外，夜里还要伴着潺潺的逝水，按其辈分，逐个陪他们睡觉，享受人伦之乐。

松花江，唐曰"粟末"，两岸有的是野生的粮食，主食不愁；辽曰松花江为"鸭子河"，吃肉也不成问题，还有硕大的鸭蛋佐酒（愿意吃黄的，扔清；愿意吃清的，扔黄。很随便）。且松花江有的是鱼虾王八，饿是绝对饿不着。雄雄勃勃，体格就很好。常常沐着白日、赤身裸体站在篷船上，于行云流水之中，放声野歌。

始暮春至晚秋，恰一轮血色的晚照，浮在哈尔滨（蒙语：平地也）江汉的一个芳洲之上，就逼了岸。这些日月，漂漂女一般都要怀上一崽，叫"漂漂崽"。哈尔滨的后代，大约就是"漂漂崽"的后代。

"是亲——三分向。"下了船，几条汉子一定要替漂漂女盖间房，以备生产之用，并障了院子。不愿留下的，叫"嫂子"，叫"妹子"，叫"大姐"，叫"可怜儿"，磕个头，说"难为啦"，哭几声离别的不舍，然后，再各自去闯山、挖宝、喂野牲口！

那次，单是老三的爷爷留下没走。他总觉得漂漂女肚子里的玩意儿是自己的骨血。留下来同这位漂漂女安锅灶、盘火炕、铲柴草、晒鱼干，过生活。

几个月后，老三爷爷乐不可支。在柴门的左侧挑出一块血布和一支柳条撅成的弓箭。

山东古俗：倘若在自家的柴门上挑出一尺把长的血布，再斜挂上弓箭，大富大贵，表示该户产了儿子。

老三的父亲就是"漂漂崽"，是山东人的后代，也是哈尔滨人的第一代子孙。

老三的父亲,是爷爷给接的生。他用酒洗了手,从漂漂女的胯下掏出肉滚滚、满头乌发的父亲,渔刀一闪,断了脐带,再用温了的松花江水痛痛快快浴了父亲,用粗糙的大手托着,赏着,止不住一阵傻笑。这位漂漂女,就是老三的奶奶,她为王氏家族完成了这一伟大的壮举,陪着爷爷也傻笑了一阵,突然白了脸,抻直了身子,砰一声倒下去,与世长辞了。当日,老三的爷爷又在柴门上的右侧挑出一挂"黄纸"。那挂黄纸,随着疾疾的江风,疯疯地响了好几日,直至一条不见,才软软地歇了。

漂漂女死后,老三的爷爷参照死人,用木炭给漂漂女画了一个像。画得很幼稚,儿童画的一样。是裸体。乳房和臀部画得很大,脚也画得很大,很粗实。稳稳地站在那儿,腰间荡出一块云,云上是太阳,小小的;云下是月牙儿,也小小的。

北方规矩,祖父祖母乃至父亲母亲过世,其子孙后代都要请人给他们画像,以示缅怀,规矩是好规矩。可惜,不是裸体。

每逢农历的春节,老三的父母领着他们的孩崽到爷爷家过年。一进门,依着顺序,都要先给画像上的奶奶磕头,是三叩头,说:

"妈,过年好!"

"奶奶,过年好!"

奶奶的画像之下,供着奶奶用过的家什:针、线、顶针和一只未纳完的麻鞋底儿。放在一个元宝形的、用柳条编制的小簸箩里,上面画着那条尺把长的血布。

爷爷死后,这些都随了葬。就葬在太阳岛上。

赋二

老三爷爷的也就是后来老三父亲的家，院子很阔。凭栏望去，一任江天浩浩荡荡，爽着肺腑。其住房几经修缮，已楚楚动人。庭院里植着一簇丁香、一簇樱桃、一簇迎春，另有两株高杨，任鸟啁啾，任风肆意。栅栏上爬着翠翠柔柔的喇叭、蒺藜，精精巧巧，缀着各色彩朵，十分享眼。院里犁开几垄，植豆角、茄子、黄瓜、土豆。栅栏上勾悬着几条铁丝，晒着鱼干，有白鱼，有三花，亦有江鲤、草根一类，哗哗啦啦，干干透透，濡着精盐。雪日里，放油锅一烹，脆香！

父亲住着很好，很遂心，很滋润，过得也极有板眼。

每值茶余饭后，一轮将浴，兄弟几个一律恭恭敬敬，坐在庭院的小凳上，听父亲讲《论语》。

老三的父亲是读书人。爷爷活着的时候，早早地把他送到江对岸的私塾，读孔子。那时，江对岸已有铁路过，就是俄国人建的那条中东铁路。大哉！孔子，也一同被载了来。山东人古来就讲究智力开发："大学之道，在明明德，在亲民，在止于至善。"再者说，"养不教，父之过"嘛。

老三的爷爷为了供儿子读书，捕了一辈子的鱼，卖了上百吨的鱼虾，真累！

每逢星期六，学堂放课，老三的爷爷就早早地摇了船到江南，歇船在柳荫之下，吸着早烟，等父亲。

父子俩见了面：

儿子给爹鞠一躬，说：爹——

爷爷嘿嘿地傻笑,说:儿子——

染江的夕照下,逝水,桨声;桨声,逝水,爷爷唱:

儿子的江来——

爹的桨哎——

一桨,一江,

一江,一桨,

……

老三的父亲讲《论语》,从不看书,凭着记性。另外,小方桌上总有一壶清茶,饱饱地候着。

"子曰,"父亲说,"就是孔子说。曰,就是说。子曰:巧言令色鲜矣仁……做事,不能光靠嘴,要少说。古人说:贵人言语迟。靠什么呢?靠行动,靠作。光说不做,不是仁义人;光做不说,大用之材。记住没?"

兄弟几个都点头,不说。

"子曰:融四岁,能让梨。"

"子曰:温良恭俭让。"

"子曰:君君臣臣父父子子……"

父亲说:"凡'子曰',都要背下来,方能成人。"

老三的父亲教育子女,层次比较高,很有群体意识。

每逢旧历的春节,八仙桌上的饭菜,就不错。可喜可贺,这几日,无论长幼,一视同仁,可以放开吃放开造,不必拘谨,过年了嘛。为什么要过年?就是这个意思。正月里的父亲,态度好,脸上总是漾着慈笑,同辈的表兄表弟一样。

除夕的圣餐,事先一律要祭祖,儿女们要给仙逝的爷爷、奶奶的灵位磕头。父亲还要在灶前烧一沓阴币，恭恭敬敬，说些话。全磕完头，父亲站在一旁，依次给压岁钱，都是新票子：二元、一元、五角不等。

儿女们接了钱，很激动，说"谢谢爸"。

守岁之夜，不准睡觉，都要精精神神。俗话说：一分精神，一分财，十分精神，抖起来。

年夜饭，老三的父亲总要讲些旧话。如："在家敬父母，胜似远烧香。"讲的是山东泰安一个打烧饼的和一位有钱的少爷，到泰山大成殿争当天下第一大孝子的事。父亲讲得有支有板儿、有景有物，人物实在，对话不多，听了不忘，有较高的审美层次。老三一干儿女，听得入神，觉得很亲切。

高兴之际，父亲还要唱两口，《借东风》啦、《天女散花》《花田错》什么的，有些功夫如韵白、京白也不错。高音上不去，就改成低音过渡，挺有趣。

看着父亲得意忘形，老三的母亲就要讲老三的父亲的那桩风流事。

据母亲介绍，老三的父亲年轻时处过一个日本姑娘，叫木婉。一到这时，老三的父亲就软了下来，挺狼狈："嘿嘿，什么木碗、木盆的……"

木婉，在老三母亲断断续续的介绍中，大约是一个长得很文静，也很庄秀的姑娘。老三的母亲说："日本的娘们，也挺懂礼貌，总是说：对不起，对不起。"

老三的爷爷死后，老三的父亲学过日本语，一度在日本人的机关里谋过职，是文书，相当于校对，不是翻译。他的口语不太好，但会的，都说得比较纯正，还是东京口音。这大约是他同木婉遭遇后的一个意外收获。解放后若干年，老三的父亲在填什么表时，在"懂何国外语"一栏，总是很骄傲地填上"日语"。然后，脸色就戚戚的，半天才把笔帽插上。

木婉小姐是那个日本机关长官的秘书，笑吟吟，常常来请教老三的父亲。老三的父亲，汉语水平不错，讲得也精确，不懂的不装懂，回去翻书，再讲。故此，木婉回赠了父亲不少日本良宽禅师的诗，都是她亲笔写的，其中一幅，老三的父亲至今还珍藏着。

　　望断伊人来远处
　　如今相见无他思

老三的父亲也给她写了不少诗，内容不详。

光复后，木婉回国，老三的父亲哭得真不行。老三的母亲说："你爷爷死的时候，你爹也没那么哭，一把鼻涕，一把泪的，贱叽叽，抓住人家的手就是不放……"

解放后若干年，这事被红色造反者们知道了。说老三的父亲是民族的败类，是狗操的日本翻译，一定是日本潜伏特务。还来调查过老三的母亲。

儿女们听了，都笑笑，大过年的，不说什么。坐在一起：吸烟、喝茶、磕瓜子儿，说些吉利的话。

窗外下着大雪，爆竹声此起彼伏。

赋三

兄弟几个，数老三的大哥最出息。

老三的大哥在地方法院工作，是副院长。早已娶妻生子。每值旧历年，他总要早几天把"东西"送到父母的家里。送的东西都很实惠：东北大米、特级砂子面、半片精肉、一大捆绿豆宽粉，以及豆油、母鸡、肥鹅一类。算一算，一二百元不止，足够老三的父母享一个正月。老三的大哥今年送的东西最丰实。去年因去广州办案，没回家过年，今年就多送了些，有些补过的意思。放下年货，大哥总要抑下声来，对母亲说："妈，东西的事，就不要告诉小李了。"小李是老三的大嫂，长得很媚气，而且这媚气透过一脸的雀斑，竟显得很朴实，个子不高，心细，观察得也很入微。听说老大手上不少疑难的案子，她都出过有益的主意，并且说的都是家常话，现成的比喻，三句五句，入情入理，明明白白，就让大哥疑结顿开。因此老三的大哥对她就防备些。古人说"害人之心不可有，防人之心不可无"嘛。

大哥因是副院长，到家里送礼的人自然很多，送的也很实惠。大嫂就很愉快，再把这些礼物编派到日常生活中去，眉头就展得很开，腾出心思，专心调剂就是了。时不常，嘴里还淌着曲子，什么"小雨来的正是时候"之类的。

送礼人到，老三的大哥总是凶煞着脸，坐在转椅上，泥像一般，一动不动，听对方涕泪交叠，说这，说那，自始至终一言不发。一两个小时也不吸烟，挺得住。待送礼人不得不走，才缓了口气，说："走好。"但眼神仍是冷冷的。送礼人出了门，便要在心里下死口地骂："我去他妈的！呸！"

老三的大哥是前年升的副院长。据讲是一桩案子办得挺干净。某某区的商业局长的儿子，肆行无教，高高兴兴，连着串儿蹂躏了几个姑娘家，女儿们的家长齐名告了官。商业局长倾家荡产和利用本职业的特点，一一打通了各个关节。区公检法批了他儿子二年教养。百姓不服，再告。老三的大哥去了，商业局长一见这张冷脸，心都不跳了。二十天后，把商业局长的儿子验明正身，毙了。

大嫂则对大哥极佩服，福着脸说："唉——你大哥呀，我是一辈子也看不透啦——"

旧历三十这一天，老三的大哥领着媳妇、女儿回家，事先一定要脱掉法院的制服，换上便装、布鞋，并告诉大嫂："到家讲话做事要注意，不能乱说，不能神气，也没什么可神气的，是事儿，听着就是了，多干活！"

大嫂笑着说："老王啊，老王……"

大哥狠狠地瞪了她一眼。

赋四

住在道外区的，是老三的二哥。二哥一律是旧历三十的下午，骑着摩托车，驮着新二嫂回父母的家过年。

老三的二哥也出息得不错。他在道外区的繁华地带承包了三家铺子。建材商店、服装商店和食品杂货商店。是总经理。这三家商店装修得很洋气，均挂有"质量第一顾客至上"的竖匾。老三的二哥经常骑着摩托车往返三店，指导工作。

老三的二哥有头脑，办事干脆利落，是行家里手，业务往来，人事周旋，应付裕如。常常一声令下：酒肴杂陈、姝女环候、滋润政界人士。头年选为区政协委员，出人意料，竟对住房问题有些见解。在一次政协会议上，他说："对于住房，老百姓还编了一套顺口溜：一二楼老弱病残，三四楼有职有权，五六楼傻X青年。这个这个，哈，是不是，希望有关部门重视一下子，玩点真的，不能总是'孩子死，来奶了'这一套，一旦既成事实，怎么管？"为此，还专门写了一份提案。老三的二哥，字写得不好，中国字全让他抽去了骨头，破线头似的，写了一整篇。有关部门的头头破译后，说，这小子，真能白话。

旧二嫂，二哥考虑以后，已经不要了。新二嫂比之旧二嫂要洋气些，长得白净，化上妆，很打眼。一身行头，少说也值几百元。冬天则要翻一番。总是咯咯地笑，嘴上常常"操操"的，挺现代。办事也极精明，胆子也大，追求新生活，是新女性，也是三家商店的副总经理。算账从不用电子计算器，眼珠儿水灵灵地一转，秋毫无差。二哥喜欢得不行，常常吃些补品。

旧二嫂就旧了些，不打扮，也想不起来打扮。打扮给谁看？黑了，白了，能怎么的了一心扑在孩子身上，跟二哥也不亲热。二哥瞅着旧二嫂很灰心，觉得真他妈的！说："怎么尿不到一壶去呢？"

旧二嫂同二哥没离之前，二哥就同新二嫂处得很融洽，彼此也谈得来。二哥说："我爹还说：子曰，吾未见好德如好色者也。"

于是，二哥同新二嫂，有些事，真痛快！公开得很，不在乎。新二嫂非常尊重二哥的意思和行为。二哥离了婚后，俩人就比较快地完了婚事，提前生了一个男孩。这样，二哥先前单位的同志们说些话，二哥觉得没劲儿，便辞了工作，吃苦耐劳，干买卖，是第一代企业家。现在已是几十万元户，常常去参加市里的一些会议。他比大明星小点，比小明星大点，是中不溜的明星。二哥回家过年，自然提的都是高档货。有山珍，有海味，有洋货，分东洋与西洋，都很名贵，看着浑身痛快。

临行前，老三的二哥也一定很严肃地对二嫂说："回家过年，有几条注意。一不要化妆，全擦掉，土一点没关系。二不能摆阔，首饰什么的，不戴。要有老有少，不准瞎白话。家里的饭，好不好吃，一律认真吃。尤其爸妈做的，要说，真好吃。听见没有？"二嫂笑笑，说："行。听你的。就当上庙了，一天怎么也忍了。"二哥说："对！就是这意思。"

二哥二嫂回家过年，穿着都很朴素，甚至显得过了，头发也剪得很短，像五十年代的干事。

赋五

老三住在道里区，在一家杂志社当助理编辑，也是新潮作家。戴贝雷帽，推崇奥地利人弗洛伊德，对性有些研究，很真诚地在一些刊物发表了几篇此类评论和表达这一认识的中、短篇小说。不少曾扶植过他的老同志，十分痛心地说：老三老三骄傲了，年纪这样轻、这样轻，口出狂言、狂言，性性性，可悲可悲，不见发达，不见发达，螳臂当车，蚍蜉撼树，混球！

有个别老同志落泪了。

然，老三的工作作风很严肃，对作者的一个小小说，也能高谈阔论一个上午:"在中西文化,在传统与当代,在感性与理性,在主体与客体,在客体与主体,性,首当其冲。无性与中性,阴性与阳性,阳性与阴性,阴阳二者构成宇宙。宇宇宙宙,阴阴阳阳,公公母母,雄雄雌雌,如此而已。"

老三的阴性,在机关工作,是党员,极讨厌老三把业余作家引到家里大谈其性。骂他没出息,不要脸。是流氓教唆犯:"准有一天被公安局抓了去,送到玉泉采石场,活活累死你!看你还性不性!去你个妈的!"老三的阴性就这样高嗓门地骂他。老三很伤心,心里不好过,一直想离婚,头发也早早地花白了。

老三的女儿说:"嘻!爸,妈,我算看明白了,你们就是打出玫瑰花来,也离不了婚。"

"玫瑰花?!"老三听了,惊了脸,顿时泪水纵横,自言自语念叨了一个下午,反反复复地叨咕:"玫瑰花,玫瑰花。"

老三的家境不富裕。回家过年,带的礼品就很一般化,是四合礼。有四种奶油蛋糕,很艺术地组装在一个礼品盒子里,并用透明的玻璃纸罩着。

老三回家过年,从不戴贝雷帽,上衣兜也不插钢笔、油笔。事先也要对媳妇说:"嗯——到家,看别人,他们怎样,咱怎样,千万别出挑儿……"

老三的媳妇看了看他,轻蔑地说:"熊架!"

赋六

自从老三兄妹四人分别嫁娶后,凡二十余载,都回家过年:

或步行，或坐车，携妻带子，提着年货、礼品，从冰冻的松花江的江面上过去。这事，居在一个城市的兄妹，并不事先通通电话，也不约定一下，基本上都回去。平常并不见面，见面干什么呢？都觉得没必要，也无话可说，便不往来。

近几年，子女回家过年的情况不佳，总有"少一人"的现象。老三的父母伤心了。说："你们翅膀都硬了，另外都有自己的家，以后，不回来也行。"

老三去年没回来，参加文化人的除夕晚会，有录像；老二前年旧历年在厦门谈生意，是一笔大钱，没舍下。听了父母的话，一律说："哪能，哪能，今年都回来。"

今年过年，兄弟几个都事先做了安排，回家过年。

老三的母亲对孩子很好，很平等，也很亲近，总是喜着脸："三儿回来啦。""老二回来啦。"都柔柔的，儿子、女儿瞅着，心里就充满了温馨的阳光。

老三的父亲早已退了休。赋闲在家，养养鱼，养养花，清早起来打打拳，买份报纸，尤其爱看日本方面的消息。过得还滋润。兄弟几人，回到家后，坐在一起，吸烟，喝茶，彼此都很客气，坐的姿势也很规矩。对于对方的意见，不论长幼，一律的尊重，耐心听，点头。说话的声音也都不高。

大哥善着脸，很和气地问：

"老二，最近怎么样？"

二哥想了想，规规矩矩地说："还行。"

大哥张开嘴，笑了，冲老三："你最近还行啊？"

老三咽了咽唾沫，点点头，笑了一下，没言语。

新二嫂坐在一旁，也规规矩矩，不言语，偷眼挨个地瞅，也没琢磨出什么来。

在年五更的菜肴中，有一个是父亲亲自下厨做的菜，权且叫"土豆合子"。这种菜的做法比较简单：在半切开的土豆片中，夹上拌好的猪肉馅，再滚上面糊糊，用油一炸，焦黄，再撒些白糖，这样吃。

母亲说："这是木婉教的，吃着——还行。"儿女们都尝尝，好吃，从此的年五更，总少不了这菜。先前的旧二嫂最喜欢吃，说这东西实惠。

旧二嫂同二哥离了以后，母亲再没说过旧二嫂一句好话，说她不像正经女人。父亲则在一旁说："还行……还行。"母亲忍不住笑了，说："行？是个女的，你都行，老贱种！"

大哥岔开话儿，问母亲：

"妈，年夜饭有酸菜炖肉吗？"

母亲听了，慌慌地拢了拢一头的白发，说："有，有。都是五花三层的肉哩。"

酸菜炖肉，是王氏家族过旧历年的传统菜，也是东北地区的名牌产品。东北人都很喜欢吃，而且吃得也很有感情。

守岁之夜，一家人磕瓜子儿、吸烟、喝茶水。第三代人，则在另一屋内玩、疯，或到院里放小鞭儿。谁要饿了，可以先吃点儿点心。大哥说："老三买的点心不错。"二哥说："这东西市面上脱销，买要排队。"

老三在一旁就有些不自然。

父亲见了，就说："甜东西我爱吃。"

母亲笑了,说:"木婉也爱吃甜的。日本人都爱吃甜的,啧啧!怪了。"

大家都笑笑,不说别的。母亲也笑,说:"你爸搞的那个木婉,跟疯了似的,一天几趟往人家那跑……"

"说点别的,说点别的。大过年的……"父亲在一旁很和蔼地说。母亲说:"不要紧的,都是自己家的人……大过年的,就这么干坐着?"

北方规矩:年五更的主食,吃饺子。须女人们在一起来包。王氏家族的这顿饺子,是素馅的,有点善男信女的味道。一般是用韭菜、虾仁、蘑菇(是白蘑),以及鸡蛋合馅,再淋上点香油,味道很鲜,吃了很爽口。母亲的手很巧,把饺子包成"麦穗""元宝",以及"小荷包"式的。这几种各有点象征意义。另外,还要分别在饺子里放几枚古钱,谁吃着了,谁一年有福。

母亲一边包,一边讲父亲的"艳史"。几个儿媳妇就陪着笑笑,相互也不传递别样的眼神儿。

父亲则在里间的屋子里,恭恭敬敬,供上爷爷、奶奶的灵位,燃几炷香。

母亲一边包饺子,一边讲解似的说:"你爸的品行不好,是根儿上的毛病。啧!还上供?瞅他孝的……年年扯这个,'文化大革命'也没把他这毛病斗过来。"

大嫂柔着声说:"妈,别老提木婉了,你看我爸都是快七十的人了……"

母亲笑了:"这是岁数大,再倒数几年,还得搞……"

二嫂也笑了，说："看您把我爸说的。"

老三的父亲过来听了，美美地吸口烟，摇摇头，说：

"你妈没坏心眼儿……"

"有坏心眼，早把你这个花货送监牢狱去了。"说罢，母亲嘎嘎地大笑起来。

到了子时，王氏家族的人，一律要给爷爷奶奶的灵位磕头，这一规矩，凡数十年未变过。父亲站在灵位一旁，看着几个比自己高出半头的儿女，想了想，说：

"今年就不用磕头了吧？"

兄弟三人一律抬眼看母亲。母亲觉得受不了这询问的眼光，就把头扭了过去。

大哥笑着说："哪能，哪能。"率先跪下来，恭恭敬敬地叩了三个头。

大哥磕完二哥，二哥磕完老三。都磕得很严肃，很端庄，也很虔诚。儿媳妇们不必磕头，行个礼就行了。三个媳妇，礼行得也很标准，几乎全是九十度大鞠躬。

母亲是最后一个，给公公婆婆板板整整地行了个礼，完了，眼睛就湿润了。

父亲也落了泪。

年五更的饭，座位是一定的：八仙桌的上首是父亲，大哥次之，以后按顺序坐。第三代人在外间另置一桌，不提。母亲坐在一角上。儿媳坐在右边，序乱些，没人计较。女儿，年五更不能回家，依旧俗，在婆婆家过。大妹则例外。

妹夫前几年认真思考后，就弃家出走了。妹夫同大妹结婚时，不知大妹有疯病。十几年来，他们夫妇的日子过得非常之艰难。大妹此病的特点，是周期地犯。年复一年，妹夫觉得真是的，就走了。至今整三年。听说他又找了一个女人，并郑重地寄回一张照片，是合影。新女人的肚子明显地大了。老三媳妇说："估计有四个月了吧？"大妹觉得真可笑，哈哈大笑了一阵，说："三嫂，你真是，还是干部。瞅瞅，那凸的，少说五个月⋯⋯"母亲看了，说："假的！木婉也这么凸了一阵，没几天，啧，瘪了。"

大哥把照片拿过去，说："这张——我拿着？"大妹问："干啥？""依法，这是遗弃的罪。"大妹说："别介。他闹一阵，准回来。"父亲说："都大了，这事儿，让你妹妹自己处理吧。"大哥立刻笑笑，把照片还了回去。

大妹回家过年，永远什么也不买，就带着刚上学的儿子猛猛。然后，嘱咐说：

"儿子，给你大舅、二舅、三舅拜年，让他们给压岁钱。"

猛猛羞着脸，逐个地拜。

大哥给了二十。二哥想了想，说。

"猛猛，等一会儿，二舅再给你⋯⋯"

老三红了脸，掏出五块钱，说：

"孩子，赶明我再给你点稿纸⋯⋯"

一家人闲聊之中，彼此都温温和和。大妹因为疯，一切就来得很冲：

"大哥！你现在是什么级？科级吗？正的，副的？"

"是正处级。"大嫂嘻嘻地说。

大哥恶了一眼大嫂，然后，转过脸，温温良良地问："爸，您老今年的身体感觉怎么样？很好吧？"

"好。这都是你妈伺候得好。"说罢，老三的父亲还讨好地看了老三的母亲一眼。

"哼！"母亲对大哥说，"你爸要是跟那个木婉呀，早就折腾死了，能活到今天？"

儿女们都笑笑，并不入心。

"三哥，"大妹说，"你现在是大作家了，我们同事说的，《荡女的魔力》是你写的吧？真好看。"

老三很尴尬："是写爱情，不好……"

父亲叹了一口气。母亲见了，就说："怎么，想木婉了？"

父亲赶忙说："什么木婉！木婉这五十一年，再搞十个男人也有工夫……都是哪年的事啦……"

"啧啧！"母亲笑着对儿女说，"瞅瞅，这老东西的记性，五十一年……"

……

时辰已到，二岁交叠。年五更的圣餐开始了。大家坐好后，大哥端着酒杯站了起来，笑微微地说：

"爸，妈，过年好！"

几个儿子、儿媳妇都站了起来，一律恭恭敬敬地说："爸妈，祝你们长寿！"

母亲听了，落了泪，说："好好！你们都好！"

父亲擎着酒杯，很感慨："一晃三四十年，你们都成材了——"

大妹说："就我不好！是疯子。"

母亲说："你说说。这搞破鞋的人……"说着，白了父亲一眼。

二哥夹了一只红烧大虾,递到母亲的碟子里,说:"妈,吃这个。"

于是,儿子、儿媳的筷子,各夹一种,递到母亲的碟子里,唯老三夹了一条颤巍巍的海参,不动声色地送到父亲的碟子里……

吃罢年夜饭,一家人都觉得昏昏沉沉,有些困,倚在座位上,阴阴阳阳地挺着。

唯父亲一人精精神神,一旁里同母亲小声说着话……

老两口常常夜里这么小声说着话。

莜麦秸窝里

曹乃谦

天底下静悄悄的,月婆照得场面白花花的。在莜麦秸垛朝着月婆的那一面,他和她为自己做了一个窝。

"你进。"

"你进。"

"要不一起进。"

他和她一起往窝里钻,把窝给钻塌了。莜麦秸轻轻散了架,埋住了他和她。

他张开粗胳膊往起顶。"甭管它,挺好的。"她缩在他的怀里说,"丑哥保险可恨我。"

"不恨,窑黑子比我有钱。"

"有钱我也不花,悄悄儿攒上给丑哥娶女人。"

"我不要。""我要攒。"

"我不要。""你要要。"

他听她快哭呀,就不言语了。

"丑哥。"半天她又说。

"嗯?"

"丑哥唬儿我一个。""甭这样。"

"要这样。""今儿我没心思。"

"要这样。"

他听她又快哭呀,就一低头在她脸上亲了一下。绵绵的,软软的。

"错了,是这儿。"她嘟着嘴巴说。他又在她的嘴唇上亲了一下。凉凉的,湿湿的。

"啥味儿?"

"莜面味儿。"

"不对不对。要不你再试试看。"她扳下他的头。

"还是莜面味儿。"他想了想说。

"胡说,刚才我专吃过冰糖。要不你再试试看。"她又往下扳他的头。

"冰糖、冰糖。"他忙忙儿地说。老半天他们又是谁也没言语。

"丑哥。"

"嗯?"

"要不,要不今儿我就先跟你做那个啥吧。"

"甭,甭,月婆在外边,这样是不可以的。咱温家窑的姑娘是不可以这样的。"

"嗯,那就等以后。我回来。"

"嗯。"

又是老半天他们谁也没言语,只听见外边月婆的走路声和叹息声。

"丑哥。""嗯?"

"这是命。""命。"

"咱俩命不好。""我不好,你好。"

"不好。""好。"

"不好。""好。"

"就不好。"

他听她真的哭了,他也滚下了热的泪蛋蛋,扑腾扑腾滴在她的脸蛋蛋上。

白色鸟

何立伟

夏天到来，
　令我回忆。
　　　　　——外国民歌《夏天的回忆》

设若七月的太阳并非如此热辣，那片河滩就不会这么苍凉这么空旷。唯嘶嘶的蝉鸣充实那天空，云和风，统不知趄到哪个角弯里去了。

然而长长河滩上，不久即有了小小两个黑点，又慢慢晃动慢慢放大。在那黑点移动过的地方，迤逦了两行深深浅浅歪歪趔趔的足印，酒盅似的，盈满了阳光，盈满了从堤上飘逸过来的野花的芳香。

还格格格格盈满清脆如葡萄的笑音。

却是两个少年！一个白皙，一个黝黑，疯疯癫癫走拢来。

那白皙的，瘦，着了西装的短裤，和短袖海魂衫。皮带上斜斜插得有一把树丫做好的弹弓。那黝黑的呢，缺了一颗门牙，偏生却喜欢咧开嘴巴打哈哈，而且赤膊。夏天的太阳，连他脚趾缝都晒黑了，独晒不黑他那剩下的一颗门牙。同时脑壳上还长了一包疖子，红肿如柿子的疖子。

少年边走边弯腰，汗粒晶晶莹莹种在了河滩上。

"唉呀，累。晒死人呐！"

"就歇歇憩吧。城里人没得用。"

在高高的河堤旁，少年坐下来歇憩。鼻翅一扇一扇。河堤上或红或黄野花开遍了，一盏一盏如歌的灿烂！就把两只竹篮懒懒扔在了脚旁。紫色的马齿苋，各各有了大半篮。这马齿苋，乡下人拿来摊在门板晾晒干了，就炒通红通红的辣椒，嫩得很，爽口得很。城里人大约是难得一尝的。故而那白皙的少年，也就极喜欢外婆喷喷香香炒的马齿苋干菜，咽绿豆稀饭。外婆呢？自然淡淡一笑："这伢崽！"

"扯霸王草？"黝黑的少年提议道。

"要得。要得！"

"输了打手板心？"

"打手板心就打手板心。"

便一来一去扯霸王草。输赢并不要紧的，所要的是快活。

蝉声嘶嘶嘶嘶叫得紧。太阳好大。

待这游戏玩得腻了，又采马齿苋。满满的一篮子了，再也盛不下一点点了。就又坐下来歇憩。那白皙的少年解下弹弓，捡了颗石子努力一射,咚地在那河心地方,就起了小小一朵洁白水花。

"哎呀好远!"

"我要射过河去。"

"吹牛皮。"

"我才不吹呐。"

而那河水,似乎有了伤痛,就很匆遽地流。粼粼闪闪。这是南方有名的一条河,日夜的流去流来无数美丽抑或忧伤的故事,古老而新鲜。间常一页白帆,日历一样翻过去了,在陡然剩下的寂寥里,细浪于是轻轻腾起,湿津津地舔着天空舔着岸。有小鱼小虾蹦蹦跳跳。卵石好洁净。

"我现在要考一考你。"白皙的少年说。

"考么子?最不喜欢考试!"

"你看出来左边的岸和右边的岸,有哪样不同?"

"左边有包谷地。右边没有。"

"不是问这个呐。"

"左边……有个排灌站。右边没有。"

"不是问这个呐!"

到后来那黝黑少年终于摇脑壳了。

"唉呀你,看呐,左岸要平一些,右岸要高一些。还没看出来?"

"呎,呎,真的咧!"

"这里头有道理。你晓得啵?"

又把那生了疖子的脑壳摇来摇去:"讲吵,晓得就讲吵。"

"我表哥,他讲这是地球自己转动造成的!"

"啧,啧,你晓得好多道理。"

白皙的少年于是笑了。乌黑眼瞳熠熠地亮。然而忘记了，采马齿苋却是那乡下少年教会了他的，还教会了他如何烧包谷吃，如何钓麻拐（田鸡）……人各有自己的聪明与骄傲，奈何不得的。

蝉声稍稍有了歇止。

"好安静。"

"是咧。"

"采了这样多马齿苋，回去外婆会高兴咧！"

"当然罗。表扬你做的事。"

那白皙少年，于默想中便望到外婆高兴的样子了。银发在眼前一闪一闪。怪不得，他是外婆带大的。童年浪漫如月船，泊在了外婆的臂弯里。臂弯宁静又温暖。

却忽然一天，外婆就打起包袱到乡下来了。竟不晓得为什么。

方才吃午饭时候，有人隔了田塍喊外婆，声音好大。待外婆回来，就带了这黝黑的少年——他的朋友，叫他们一起去玩，远远地到河边上去玩。采马齿苋，划水，随便。总之要痛快玩它一下午。"听话，莫出事，没断黑不要回来。"一人给了一只大竹篮。其时头上太阳，正如烧红的一柄烙铁。白的少年好高兴，同时又讶异。因为平日的下午，外婆一定逼他睡午觉，一定不许他出来玩。然而今日全变了。外婆你几多好！？

蝉声又抑扬了起来。一只两只野蜂在头上转，嗡嗡嘤嘤。

黝黑的少年于是说："划水好啵？划到对岸去。"

"好的。"眯了眼睛望对面绿色的岸，和远远淡青的山。

"好的，好的。"

"比赛?"

"比赛。"

"输了是狗变的?"

"狗变的就狗变的。"

黝黑的少年便笑了。缺了门牙的笑很羞涩很动人。

因此扑通地一齐扎到河里头去。河水清凉又温柔。轻轻托起一黑一白赤条条两个少年;轻轻忽开忽谢着一朵一朵漂亮水花。那城里来的少年,几乎呛水了。因为他想要笑,因为他看到他的朋友,游泳的姿势应当叫做"狗爬式",几多滑稽。又还从那缺了牙的口里,噗噗地朝他喷水。远处一页白帆,正慢慢慢慢吻过来。真好玩,真快活。

并且这边的岸,景致又不同。是泱泱的一片水草咧。水草好葳蕤。后面呢则是芦苇林。汪汪的绿着,无涯的绿着,恰如了少年的梦想。

"哎呀!这地方,几多好看。"

"城里来的才讲它好看。"

赤条条的少年站在岸上。一个白皙,一个黝黑。头发湿漉漉的,情绪倒比天空还要晴朗。

然而那白皙的少年,陡然闷声一喊,就朝后面倒退数步,跟跟跄跄。

——水草里头有条蛇!?

"莫怕,"黝黑少年说,"莫怕,水蛇。"

同时猫腰下去,极快地捉住蛇尾随手一扬,那蛇便如闪电,倏忽落在了河里头。好吓人。白皙的少年出了大半身汗,立即对他的朋友生出了景仰。

朋友就又问他:"你眼睛好不好?"

"右边是一点二。"

"莫怕。明日我捉了金环蛇银环蛇,取了胆来给你吃,包你眼睛就好!"

自然又平添了若干的景仰。看到那缺了的门牙像小小一眼鼠洞,便觉得又亲切,又好笑。

刚刚的还要讲几句话,朋友忽然竖起食指止住了,耳语道:"莫做声:快看。"

"什么?"

"那边。"

"——咦呀!"

在那边,白皙的少年看见了两只水鸟。雪白雪白的两只水鸟,在绿生生的水草边,轻轻梳理那晃眼耀目的羽毛。美丽。安详。而且自由自在。

什么时候落下来的呢?

白皙的少年想:唉呢,要是把弹弓带过河来,几多好!然而立即又自行取消了这法西斯主义。因为那美丽和平自由的生命,实在整个地征服了他。便连气也不敢大声地喘了。

四野好静。唯河水与岸呢呢喃喃。软泥上有硬壳的甲虫在爬动,闪闪的亮。水草的绿与水鸟的白,叫人感动。

"要捉住就好咧。养起它来天天看个饱。"黝黑的少年悄声道。

"不。"

"你不喜欢?"

"比你喜欢得多!"

黝黑的一笑,也就哑默无语了。疖子隐隐地痛。

那鸟恩恩爱爱,在浅水里照自己影子。而且交喙,而且相互的摩擦着长长的颈子。便同这天同这水,同这汪汪一片静静的绿,浑然的简直如一画图了。

赤条条的少年,于是伏到草里头觑。草好痒人,却不敢动,不敢稍稍对这画图有破坏。天蓝蓝地贴在光脊的背。

空气呢在燃烧。无声无息,无边无际。

忽然传来了锣声,哐哐哐哐,从河那边。

"做什么敲锣?"

"呵呀,"黝黑的少年,立即皮球似的弹起来,满肚皮都是泥巴。"开斗争会!今天下午开斗争会!"

啪啦啪啦,这锣声这喊声,惊飞了那两只水鸟。从那绿汪汪里,雪白地滑起来,悠悠然悠悠然远逝了。

天好空阔。夏日的太阳陡然一片辉煌。

女　匪

孙方友

民国十几年的时候，豫东一带活跃着一支女匪。队伍里多是穷苦出身的姑娘，而匪首却是位大家闺秀。至于这位小姐是如何沦入匪道的，已无从考究。她们杀富济贫，不骚扰百姓。打舍绑票，也多是有钱人家。

女匪绑票不同男匪，她们大多是"文绑"，极少动枪动刀。先派一位精明伶俐的女匪徒，化妆一番，潜入富豪之家当女仆，混上半年仨月，看熟了道儿，定下日期，等外围接应一到，便轻而易举地抱走了人家的孩子。然后托中人送书一封，好让主家准备钱财。

这一年秋天，她们又抱了陈州一富商之家的独生子。那富商是城里的首富，已娶了七房姨太太，方生下这一后嗣。七夫人很有学识，见娇儿被绑，悲痛欲绝，几经思索，便给女匪首写了一封信：

　　我愿意长跪在您面前哀求，看在上帝的面子上，把孩子安全地还给我，免除我的痛苦。我以一个母亲和你同属女性的身份，请你三思你所做的事对我全家造成的伤害。我要回孩子的愿望比要世界上任何东西都强烈，我愿意为你做任何事来换回我的儿子，请你告诉我你的条件。

女匪首看了这封感人至深的信，很是欣赏，一时来了兴致，便回信一封：

　　我不愿跪在任何人的面前，我也不愿别人跪在我的面前。我只请求你看在上帝的面上，把我所需要的东西安全地送给我，免除我的人生之苦。我以一个女性的身份，请你理解你我命运的不同！一哲人说：谁都希望不跟着命运走，到头来，命运却又主宰着那么多人！由于命运之神把我推上了匪道，因而我需要生存和向一切富人报复的愿望比要世界上任何东西都强烈！我愿意为你保全你的儿子，请你拿出三千大洋来，于本月×日在我随时通知你的地点换回你的儿子！为保险起见，请不要告诉任何人！

那夫人接到女匪首的信，颇为惊讶！她万没想到女匪首竟也如此知书识礼，文采照人！她产生了见见那才女的心情，当下准备三千大洋，等到匪首的通知，亲自坐船去了城东的芦苇荡里。

女匪首并不失约，等观察四下无动静后，便威风凛凛地出现在一只小船上。大红斗篷，迎风招展，于碧绿的青纱帐中，犹如一朵硕大的红牡丹，映衬出眉目的秀丽和端庄。七夫人惊愕片刻，才发现那个曾在她府上当过丫环的女匪正逗着她的孩子玩儿，她那颗悬挂的心才落了下来，忙让人亮出大洋，让女匪首过钱。女匪首笑笑，打出一声呼哨，芦苇荡里旋即蹿出一叶小舟，上面有女匪二，各佩枪刀，接过大洋过了数，又箭般地驰进芦苇荡的深处，淹没在一望无际的绿色里。这时候，只见女匪打了一下手势两船靠拢。那女匪递过孩子，交给夫人。可万没想到，孩子竟不愿找他的生身母亲，又哭又嚎，紧紧地搂抱住了女匪的肩头。

夫人惊诧万分，痛心地流下了泪水，对女匪说："万没想到，你们首先绑走了孩子的灵魂，令我颤栗！"

女匪首大笑，说："孩子毕竟是孩子，每一个女人向他施舍母爱，他都将会得到温暖！尊敬的夫人，这些是用金钱买不到的！常言说：生身没有养身重！你想过没有，当你抱走你儿子的时候，我的这位妹妹会是什么样的心情呢？"

夫人抬起头，那女匪正在伤心地抹眼泪，好似有着和她同样的悲哀！

夫人感动了，对女匪首央求："让这位妹子还回我府当丫环吧？"

女匪首望了夫人一眼，说："由于她已暴露了身份，我认为不太合适！你若想让你的儿子乐乐地回去，夺回那用金钱买不到的东西，可以在我们这里住上几日！"

七夫人秀眉紧蹙，迟疑片刻，毅然上了匪首的小舟……

秋　夜

墨　白

　　傍晚的时候飘起了毛毛雨。低个儿说:"算了吧?"高个儿抬头看看灰蒙蒙的天,说:"算了。"而后就把牲口下了套,一匹一匹地领着转圈在地上打滚。低个儿收拾车子犁子耙什么的,最后低个儿说:"来,把化肥抬上。"抬了化肥又抬磷肥。高个儿说:"谁的?"低个儿说:"俺婶的。一亩地。就这。"说完指了指脚下的生茬地又说:"俺叔不在家,没人手。要多钱给多钱,权当帮个忙。"

　　这个时候雨就稠起来。他们不再言语,只听铜铃"叮当叮当"地淡下去,混沌的镇子就近了。镇子里的树冠稠得像深海里的水,一个个混亮的门洞像灯笼鱼一尾一尾地游过去。他们懵懵懂懂地行了片刻,就在一户门院前立住了。低个儿一推门就扯着嗓子喊:"婶子,回来了。"

一盏灯从远处的灶屋里走出来,灯后是一张半明半暗的脸,那脸说:"拉到柴棚里去。"高个儿听到那声音水灵灵的,像刚被毛毛雨洗过一样。接着就看到一个细腰肥臀的女人被灯影拉着走进堂屋里去,她随手拉了一只凳子放在门口,然后把灯放上去,说:"看得见吗?"低个儿说:"看得见。"女人说:"拉吧,菜一会儿就齐。"

灰暗里,高个眼里的院子显得老大,那三间堂屋深深地坐到后面去。他和低个儿把马和车子拉到大门西边的柴棚里。低个儿说:"走吧。"高个儿说:"不慌,我先把牲口喂上。"低个儿走到一半儿又被高个儿喊住了:"有水吗?"低个儿说:"有,出了大门就是河。找个灯吧?"高个儿说:"中。"高个儿一连下河提了三桶水,才下手淘草,等他给牲口加料时,低个儿已经把床给他铺好了。低个儿说:"齐没有?"高个儿说:"齐了。"低个儿说:"走。"高个儿就拍打着手上的草叶麦麸子跟着来到堂屋里。菜已摆到小桌上,两只凳子一左一右。低个儿说:"坐。"说完又冲着门口喊:"喝啥酒?"灶屋里就有声音传过来:"柜子里放着,自己拿。"低个儿站起来,走到靠西墙的柜子前,在里面挑了挑说:"喝四五吧?"他看高个儿笑了笑,就说:"就喝四五。"低个儿在高个儿的对面坐下来,打开瓶子倒进酒壶又斟了两杯说:"来,喝。"高个儿也说:"喝。"

堂屋里很静,灶屋里哧哧啦啦的炒菜声和女人的走动声都能听清楚。雨细细地下着,沙沙沙,远处和近处,在黑暗里没有边际。

低个儿说:"吃菜,别作假。"高个儿说:"不做假。出门在外,作假饿谁?"低个儿说:"就是就是。犁一亩地五块,你一季也不少弄钱呀?"高个儿说:"也就六七百块吧。"低个儿说:"咦,那不错。这三匹马都是你喂的?"高个儿说:"是的。那匹枣红马半月前才买的,九百二。犁了地过完秋就卖它。"低个儿说:"不赔?"高个儿说:"赔?兄弟,不是给你吹这,这马现在拉到集上,最少也得给一千二。我看过的牲口,不赚个百儿八十咱不干!麦前,我在城里东集买了西集卖,八天我赚一千四。"低个儿说:"咦,那不错,你也是得法户呀。"高个儿哧溜喝了一杯酒,说:"这不吹,麦头里我竖起来三间瓦房,麦后俺爹下世,待客的时候,全村老少一个不少。俺宋楼的人,没有一个人说咱别的。"低个儿突然放下筷子,瞪着眼睛看着高个儿说:"你是宋楼的?认识青苗吗?"高个儿怔了怔,说:"认识。"低个儿说:"咦,那人可不得了,五年前,他一个人把俺东地的树偷走十七棵,后来判了两年,回来没有?"高个儿躲开低个的目光,低下头去,说:"他死了。"低个儿惊得睁大了眼睛:"死了?"

屋里静下来,只有雨细细地下,沙沙沙,敲打着房前的树叶,灶屋里的炒菜声也消失了,就听有脚步声响过来,女主人还没进门就急躁地问:"他死了?啥时候?"

高个儿抬起头,那女人正好跨进门来,在他们对视的一瞬间,都惊住了。高个儿慌忙把头勾下去。这时东间里有一个孩子哭起来,高个儿就听那女人朝里间去了,她的脚步有些慌乱。低个儿小声说:"真的?你可不敢胡说。那人可是俺婶子以前的对象。说起来他也是被逼的,这事可能你也知道的,他丈人要三间房子,他成亲也得盖三间,六间呀,得多钱?不然就结不上婚。俺婶啥时一提这事儿,眼就红了,自从她给俺叔结了婚,就没回过娘家,恨她爹。"接下来，高个儿的目光就躲躲闪闪，再也不去看低个儿，脑子里嗡嗡作响，直到吃过饭低个儿告别，他才糊糊涂涂地来到柴棚下，在兜床上坐下来，呆呆地吸烟。这样不知过了多久，他突然站起来，悄悄地来到堂屋的窗子前，站在那里。细雨仍在下，沙沙沙，仿佛到处都是雨的声音，可高个站在窗台动也不动，任凭雨水打湿他的脸，打湿他的衣服。他听到屋里的木床偶尔发出咯吱声，心里就痛苦难忍。最后他终于悄悄地来到门边，伸手推推，没想那门竟开着，一股热浪从他的心头涌过，他正要推门进去，屋里突然传来了孩子的哭闹声。孩子的哭闹声像空中冷不丁地炸过来的一声春雷，那雷声止了他的脚步，他把伸出的手又收了回来。他在门前站了很久，但最后他还是悄悄地回到了柴棚里，脱下湿衣服在兜床上躺下来。他望着黑漆漆的棚顶在马嚼草的声音里一根一根地吸烟。

不知过了多久，他听到有一个脚步走过来，尽管那脚步很轻，但他还是听出来了。他屏住气躺在那儿，听着那脚步来到他的床前，他闻到了她呼出的气息，接着，有一只手轻轻地落在了他的身上，他体内的血液滚烫起来，他一下子捉住了那只手，叫一声"菊儿"。

一阵马嘶突然从他们的身边响起来，那马嘶声惊醒了屋里的孩子，孩子顿时哭叫起来。女人挣脱他的手，慌忙往回走。高个儿呆呆地坐在那里，过了好一会儿，他突然从床上跳下来，操起拌草棍就往马身上抽，那马嘶叫着，左右乱跳。马的嘶鸣使他不得不停下手来，棍子也从他的手里落下去。他久久地立在那里，最后他走到马的身边，抱住马脖子轻轻地哭泣起来。

女人醒来的时候，天已经亮了，雨也不知什么时候已经停了。

她匆匆起身,来到柴棚里,可是柴棚里只有一床被,别的什么都不在了。她回到屋里把睡着的孩子抱在怀里,顺着车印追到地里。眼前的情景让她愣住了,她家的地已经犁好耙好了,地头上孤零零地放着一只化肥袋和一只磷肥袋子。她望着空无一人的村道,就忍不住地流下泪来,她喃喃地叫一声:"青苗哥……"

胡长的榆树

刘亮程

一

有一条路很久没人走了,它通向沙门子。走过这条路的人都知道,它通不到别处。

可是有个人却从这条路上走到了别处。他没有走到沙门子。

这个人叫冯七。

现在知道冯七的人很少了。知道沙门子的人也很少了。知道我的人更少了。但我知道的事情越来越多。

许多年前一个春天的早晨,冯七走上这条路。他赶着马车,从太平渠出发,给沙门子送麦种子。

两天前,从沙门子那边过一个女人,找到村长说要借些种子。

借种子本来是男人的事。女人说,连种子都没留住,男人好意思出来?

男人不好意思的事,就是女人的事。

女人和村长嘀咕了大半夜,村长就同意了。

"不过种子发不发芽不敢保证。"村长说。

"是种子就行。"女人说,"你村长的种子不行还有谁的行。"

大清早村长送女人出门,吩咐她赶紧回去让村人把地翻好等着,种子一两天就送过去。

分手前还笑嘻嘻地摸女人的屁股:"种子不够再来借。"

二

沙门子是个不大的村子,二十来户人家。全是外地人。大概十几年前,这些外地人的家乡遭水灾,水把黄土全冲光,剩下一野黑石头。这些人没有了土地,只好拖家带口,背井离乡。最大的愿望就是找一块地种。

他们向西走了几千公里,那时逃荒人大都朝两边逃,据说两边有大片大片的未耕地。可是他们来晚一步,沿途的土地早被人耕种了,大片大片长着别人的玉米和麦子。他们只好再往前走,穿过一个又一个村庄,也不知走了几年,最后到了太平渠。

那时太平渠是最偏远的一个村子,傍着一条河,四周是长满各种草和灌木的广袤沃土。那伙人走到这里已经力尽粮绝,再不愿往前挪半步。

他们把破行李卷和叮当作响的烂家什堆在马路边上,留两个人看着,其他人一起找到村长家里,低声下气地乞求村长收留下他们。说他们再走不动了,已经有几个人在路上死掉了。再走下去就全完了。只要随便给他们一些地,他们只会种地养孩子,绝不会捣蛋生事。

他们求得哭哭啼啼。

可是太平渠人不喜欢这衣衫褴褛的外地人,嫌他们说话的口音太难听,甚至很难听懂。要和这群怪腔怪调的人生活在一个村里,岂不很别扭。最后村里还是决定:打发他们走。

村民们给这些外地人凑了些杂粮、衣服。说了许多安慰的话。村长亲自把他们领到村头,指了一个去处:你们出了树,再朝西走,穿过那片戈壁——记住,要穿过去,千万不要走到一半再折回来。只要穿过戈壁,一直到天边都是好地,你们想种多少种多少,想咋种咋种。

末了又补充说,到时候我们太平渠和你们村就以那朵西斜的黑云为界,云头西边都是你们的地,我们决不侵犯。云头东边可全是我们的地。你们也不能胡挖、乱种。你们若担心云会移动,过两天我派个人上去,在云头上钉个木橛子。

外地人听得神乎其神,千恩万谢地离村西去了。他们走了三天三夜,走着走着,土地不见了,前面是一望无际的沙漠。

外地人知道自己被骗了,又不好意思再回去。也没有力气再走回去。便在沙漠边住了下来。垦种那片坑坑洼洼的沙土地。

他们给自己落脚的地方起了个名字:沙门子。

三

　　太平渠和沙门子，多年来一直没有明显往来。一条隐约的路穿过戈壁连接着两个村子。太平渠人到戈壁打柴、放牛，会走上这条路，但从不会走近沙门子。沙门子人偶尔去别的地方，经过太平渠，也是匆匆经过，从不在村里歇脚。碰见太平渠人，头一低过去，也不说话。

　　只有每年春天，会从沙门子那边过来一两个骑马人，在村外转一圈，鬼鬼祟祟地张望一阵，便又打马回去。

　　起初，太平渠人并没在意。可是时间久了，窥探的次数多了，太平渠人才觉得不对劲。每当他们春天翻地、撒种的时候，一抬头，总会看见一两个沙门子人，骑着马站在地头看他们。也不走近，只是盯着看。待他们放下活走过去，沙门子人便打马飞奔了。太平渠人被看得心里发毛，开始对被他们欺骗过的那一伙人起了疑心和警惕。

　　没过多久，果真传言沙门子要来报复太平渠。说他们组织了一帮壮劳力，天天在地里操练，学着太平渠人的样子挥锨抢锄、舞叉甩镰，并在地里打了许多高埝子，根本不像是种地。种地哪用打那么高的埝子，明显在摆阵势。还说他们操练好了就来抢种太平渠的地，抢收太平渠的粮食，抢占太平渠的女人。

　　这些话最早是谁传出的已经查不清楚，反正全村人都在议论纷纷。

　　"听说沙门子人要来整咱们了，你知不知道。"上午刘扁在村西碰见王坑。王坑摇着头："不知道。"

"呀！这么大的事都不知道。太不灵通了。他们还要抢女人呢。听说沙门子人光抢胖女人不抢瘦女人。你媳妇奶子大，显眼，最容易被发现，快藏到菜窖里。"

下午王坑又在村东遇见刘扁。

"听说沙门子人已经准备好了马队，一两天就冲过来。"

"真的。听谁说的？"刘扁赶忙凑过来问。

"全村人都这么说，你竟不知道。耳朵让毛塞住了。说他们全拿着镰刀，镰刀把有三四米长，全是勾镰，专勾男人的蛋。赶快回去把裤子穿厚些吧，听说穿牛皮做的裤衩都不保险，一镰刀勾不烂两镰刀就勾烂了。现在村里人都到铁匠铺订做铁皮裤衩，还有人把锅砸掉炼了铸生铁裤衩。听说铸生铁裤衩的模子是按韩生贵的尺寸设计的，大家都认为他的裆和家什大小适中长短正好。要按徐立之的家什设计就太长太大了，笨重不说，还费铁水。"

传言越传越详细，越传越神乎。几乎没有人不相信这是件真事。好像沙门子人就在他们头顶上，随时都有可能神兵天降。为此，太平渠专门召开村民大会商量对策。

四

大会是在牛圈里开的。村里没有一间能盛下全村一千多人的大房子。

那是个刮风的夜晚，牛被赶出圈，在外面的空地上静静地站着。冒着潮气的圈棚里黑压压蹲着一圈人。一盏马灯吊在中间的柱子上，灯影恍恍惚惚，谁也看不清谁。先是村长站在马灯下说了几句，大概意思是让大家都动动脑子,想些办法和主意。接着人们开始发言。有时一个人滔滔不绝地讲自己的主意,所有人都静静地听。有时所有的人都在说话,不知在说给谁听。村长站起来,不住地喊着:"安静,安静!一个一个讲。"这时村长只是其中的一个说话者,谁也听不见他的话。嘈杂声更大了。就在这时,从破墙洞伸进一牛头来,"哞"地大叫了一声,所有的人声全消失了,连人喘气的声音都听不见了。足足沉寂了三分钟,人又开始说话,声音似乎小多了。

那一夜,风在很高的夜空中滚动,可以听见云碰撞云的声音。地上只有些轻风,更大的风还没降到地上。太平渠所有有点脑子的聪明人几乎全发了言。我蹲在角落里,没有说话。脚下全是牛粪,我想牛站在牛粪上过夜可能比人蹲在牛粪开会要舒服些。我是个干事情的人,很少把好主意说给别人。

我打了个盹,好像沙门子人来过了。

就在太平渠的男人全蹲在牛圈里商量对策的时候,沙门子人乘夜而来,反锁住牛圈门,把太平渠的女人孩子和牛全赶到沙门子。牛圈里的男人们一点没有觉察,他们沉醉在自己的聪明中,一个比一个精彩的主意被人想出来。

五

"我看没啥担心的,那群瘦猴,我们随便上几个就能打过他们。"

"这很难说,听说沙门子这些年也打了些粮食,那群人都是饿坏的人，稍有些吃的立马就会长壮实。"

"对付他们的长镰刀，我有个办法。我们把镢头把加长，加到10米长，站得远远地挖他们，先把他们的镰刀把砍断，再把马腿砸折。"

"我看这都不是主要的，沙门子男女老少加起来，也就一百来人，咋说也不是咱们的对手。问题是，这几年风向变了，这对咱们太不利。"

"风向咋变了？"

"以前这里很少刮西风，你们知道，大多是东风，自从那伙人在沙渠上盖了房子，西风就多起来。你们见过他们盖的房子吧，古怪得很，全都面朝西，背对着我们。一律后墙高前墙低，房顶是个大斜坡。这样东风就被房子的后墙挡住，刮不过去。而西风却可以顺着房顶往上蹿。西方就得了势。"

"你们想想，从西边刮过来的风全是沙子。他们要是乘风而来，我们不敢面朝西迎战，我们睁不开眼睛，只好把脊背白送给他们打。"

"甚至他们不出村就能打败我们。刮大风的时候，他们只要往空中扔土块和石头，就会顺风全落到我们头上。不过这个主意他们保证想不出来。他们在这个地方住得时间短，对这一片空地间的事情，保证没我们精。"

"能不能在戈壁上种满铃铛刺，种得稠稠的，让他们过不来。"

"这个主意好，村东边有一大片铃铛刺，正好全移到村西边去。"

"好个屁，明知道这几年爱刮西风，我们村西种一滩铃铛刺，等到刺长长、长硬,沙门子人从根上把刺条全割断,西风一来,一戈壁刺条全朝我们卷过来,不全扎死我们才怪呢。"

"要不挖一条河,里面倒上烧开的清油。"

"要不在戈壁上绳子,绊倒他们的马。"

"还不如戈壁上点着火,把地烧烫……"

最后一个主意是马二娃想出来的。我从伸进那颗牛头的破墙洞钻出去撒了泡尿。风刮得急,我的尿和家什被风刮得向一边斜。我用手使劲扶着,像一棵刮歪的树。

六

树子里一点灯光都没有,也听不见狗叫。牛圈和村子间隔着块荒地,以前地里种过些东西,后来牛进村人去牛圈都要经过这块地,便什么也种不成了,只长着些人不理牛不吃的灰蒿子。

我有点冷,两腿直抖,想跑回村里看一趟,却挪不动脚步。

事情早已经发生过了。我想。

我从墙洞钻进去时,马灯不知啥时灭了。可能灯油熬干了。牛圈里又黑又静。是不是他们散会走了。我靠着墙悄悄蹲下,这时一个声音冒出来。是马二娃的声音。

"我有个好主意,不过要绝对保密。"

我好像不是听见的,是看见的。

"你还怕我们村里有奸细?"

"倒不是。秘密有时会自己泄漏掉,就像肠子里的气。人的每个器官都会泄密,不光是嘴。现在人都奸得很,你不注意放个屁,让他抓回去放在鼻子上一闻,就会知道你心里想的事。"

"屁是从心里放出来的,你心里有屁,肠子才会响。把秘密藏在心里是最不保险的。人的七窍全通心,你不可能都堵住。最好的办法是把秘密随手一扔,像扔一件没用的东西一样,秘密便保住了。"

"我的主意是:把路埋掉。"

"从太平渠到沙门子只有一条路。我们把靠太平渠的这段路埋掉,在路上种上草,栽上树。脚印用土盖住。然后再开一条路,通到村南边的海子里。"

"这件事要在晚上干,绝不能叫沙门子人看见。"

"沙门子人要来,一定乘黑来。他们肯定不会怀疑这段改过的路。因为海子就在村边上,路的大致方向没变,他们觉察不出。"

"海子里全是稀泥。人一下去就不见了。晚上后面的人看不见前面的。海子和地是一种颜色。沙门子人排着长队来,一个一个走进海子,变成稀泥。"

七

半下午的时候,冯七拦住牛群,让牛掉过头慢慢往回吃。这叫回头草。

早晨冯七把牛群赶到西戈壁上,牛边吃边朝西走。戈壁上草不太盛,牛每走四步才能吃到一口草。一头牛要吃1200口草才能吃饱。照这个数字,冯七仅凭牛群走出去的路程,便能准确地算出牛是否吃饱肚子。而不像那些没经验的放牛姓，非要钻进牛群，挨个地看牛的肚子是否饱瘪。

冯七放牛时从不看牛群，无论骑在马上还是走在地上，他都头昂得高高的，像在牧一只鸟或一朵云。

牛群往回走时，上午啃光的草又会发出些嫩芽，不过很少，牛要走20步才能吃到一口。这些草正好补充牛回返路上消化掉的那部分，使牛进村的肚子依旧鼓鼓。

冯七年轻时只知道赶着牛群遍野跑，一去几十里，有时也能碰到好草，让牛一肚子吃饱。可是，等牛返回村里，又一个个肚子瘪瘪的，像没吃草似的。

人只要经过一件事情便能通晓世间的一切道理。这是冯七放了几十年牛后得出的道理。一个放牛人、一个打柴人和一个买卖人，活到最后得到的是同一个道理。

各行各业的人最终走到一起。

也有留在各自的行业中到老也没走出来的。他们放一辈子牛只知道放牛的道理，打了一辈子柴只懂得打柴的道理。

冯七可不是这种笨人。

天黑前牛群渐渐离开草滩走到路上，排成长长的溜子。

冯七没看见牛群已经走到路上。他盯着悬在半空中的一朵云，盯了半下午。开始云是铅灰的，后来就红了，红了一大阵子，最后暗下来，变成一朵黑云。

冯七得意地笑起来：我就知道它会变黑。这不变黑了吗。

天猛然间黑了。冯七感觉马的步子平稳了许多，低头一看，马已经走在路上。再看牛群，只看见最后几头，正一头一头地消失。

冯七打马追上去，没跑几步，已到了海子边，最后一头牛正往海子里下沉。冯七若赶紧下马，或许能拉住牛尾巴。可是一群牛都进去了，拉住一根牛尾巴有啥用呢。冯七只听着稀泥中汩汩地冒了阵气泡，海子的水陡涨了半米，把近旁一块菜地全淹了。

太平渠人围着海子大哭了一夜。

冯七没哭。他把这件事说给村人便回去睡觉了。要是淹死一头牛，没准他会哭。一群牛都死了，他哭哪个呢。

况且，这也未必不是件好事。除了冯七以后再不用放牛，它还用事实证明了太平渠人的聪明：他们花了十几个夜晚秘密改修的这段路，连本村的牲口都上当了，要是沙门子人来，不全变成稀泥才怪呢。

八

沙门子人没来。倒是有确切的消息传来，说沙门子人每年春天派人偷窥，只是想看看太平渠人啥时候下种。根本没别的意思。

沙门子人不熟悉这里的气候，不清楚冬多长夏多短。节气和他们老家的全不一样。春天啥时候下种他们把握不准，又不愿请教太平渠人。他们上过一次当，不愿再上第二次。只好每年春天派人去偷看，发现太平渠人翻地，他们马上也翻地，太平渠人下种，他们马上也下种。

传来这个消息的是一个沙门子人，他喝醉了酒，错把太平渠当成沙门子，一路跌撞着走来，竟没走进海子变成稀泥。他绕进了村,撞开一户人家的门,倒头便睡,睡了一天一夜。睡醒后他给这户人讲了沙门子的事情。

这个人走后,太平渠人又一次集中到那间光线昏暗的大牛圈里。这一次,再没人抢着出主意,聪明人全不说话了。村长压低嗓门做一番布置,便悄悄散会了。

九

春天,雪刚消,太平渠人便开始翻地,紧接着撒种子,田里到处是端着脸盆的人,一把一把往地里撒东西,东一声西一声地喊。

这时候,从光秃秃的冒着热气的戈壁上远远走来一个骑马人,他在离田地约一里处停住望了一阵,又打马过来,若无其事地沿地边溜了一圈,然后打马飞也似的跑向沙门子。

待骑马人跑远,撒种的人全都停住活,倒掉盆子里的土,夹起脸盆往回走,脸上挂着神秘兮兮的笑。

他们成功了。

骑马人回去后,沙门子人便全村出动,开始了紧张忙碌的翻地、撒种。他们把种子全撒进了潮湿阴冷的泥土里。

结果是太平渠人早料到的,气温太低,种子发不了芽,全烂在了地里。

天热起来后,沙门子人没有种子再播种,一村人愁眉苦脸,没办法。最后,只好派个能说会道的漂亮女人,厚着脸皮到太平渠借种。这是沙门子和太平渠多年以来的第一次正式交往。

十

冯七第一次感到路程对人的困惑。正中午时,冯七站在马车上前后望了望,沙门子还没有影子,身后的太平渠也看不见了。

好像自己走在了一条没目的地的荒路上,前面没有沙门子,也没有一村人等待下种这回事。马车不停地走下去,一年又一年……这就是有去无回的一辈子啊。

冯七像猛然醒悟似的,"唷"的一声,把车停住,下车撒了泡尿。他想休息一阵再走,他有点瞌睡,像在做梦似的。

早晨村长吩咐他到料房装了满满五麻袋杂碎麦子。这是喂牛用的,牛淹死后,就没用了。冯七也没用了,成了一个闲杂人。给沙门子送麦种这样的杂事,自然是冯七的事。

冯七给马扔了一把草,自己靠在一截枯树桩上,抱着缰绳睡着了。

不知冯七梦见什么了没有。他醒来时太阳还在头顶上,马车却不见了。半截缰绳抱在怀里,是人用刀子割断的。

冯七四处张望了一阵,春天的荒野,一望几十里,空空荡荡,啥也没望见。他没往天上望,有一朵像马车的云正飞速地向西边天际隐去。

一件东西突然就没有了,消失了。路仍在一边。冯七却不能顺它再走回去,他放没了一群牛,又赶丢了一辆马车。他若再不当回事地回去,村里人会说他是故意的。

他也不能再走向沙门子。路有时候是通向一件事,而不是一个地方。

这件事情完蛋了。

冯七仰头呆站了一阵子,叹了口气,随便选了一个方向,盯着天边的一块云走了。

十一

20年后,我在离太平渠几百公里的一个叫八分地的村子碰到了冯七。

他正趴在一棵歪榆树下钉一个车架子,旁边是一间没有人高的破土屋,光有门,没有窗户。

"请问,这是……"话没说完,我突然认出了这个人是冯七。他已经老得不成样子,手不住地抖,眼神也有点慌。

"我就要钉好马车了,马也有了,再有五麻袋麦子,我就给太平渠还回去,车、马、麦子都还回去。你是太平渠派来找我的吧,你再缓一下,我就好了。"

我说:"我不是来找你的,我来找事情。"

"谁的事情都行,我在太平渠早就没有事情干了,他们把地分给个人,没给我分。路也一截一截分掉了,没有我的。都怪点名的时候我不在家。我出去走了趟亲戚,等我回来,连空气都分完了。他们在空中隔着大张大张的塑料纸,把空气隔开,谁家用谁家的,用完了掏钱买。没钱你别吸气。我的房子里连一丝空气都没剩下,房顶上面也没有空气。我只有靠吸别人吐出来的废气生活。反正,我只出去了几天,回来一切都没有了。"

"不过,你也知道,我不是一个简单的人,他们不给我事干,我就找事情。找男人的事情,也找女人的事情。找树的事情,也找路和房子的事情。还找鸡和狗的事情。如今方圆几十里到处都有我整下的事情。那些以前把我撇到一边、背着我、不理识我的事情,现在都反过来找我。我呆不下去了,就往远处跑。我想在这地方找些事情。没想到碰到了你。"

"你可千万别找我的事情。我就剩下一件事情了,这些年好多事找到我我都没理睬。我要对太平渠有个交代。干完这件事,我就再不管世上的事了。"

十二

冯七从头到尾给我讲述了丢掉马车后的事:

……我上了路,漫无边际地走,途中经过许多村子。我一路打问,他们都知道太平渠村。我便再往前走,唯一的目的是远离太平渠,走得越远越好。后来就到了八分地。

走到八分地我才恍然明白过来,我走了这么远,其实是想有朝一日能回到太平渠。赶着马车回去,拉着麦子回去,穿着新衣裳回去。

人只要有一件事在心里放着,就不会走丢自己。

我在八分地住了下来。开始住在村里。我来的时候,刚好有一个人死去,一间房子空出来。我就住了进去。

这个村子正好在一个风口上,经常刮大风。前些年一场大风刮走了几个青年人,风是朝我来的这个方向刮的。村里人找到我,打问这个方向都有哪些村子,他们要派人去找。我说出了沿途经过的所有村庄的名字，就是没提太平渠。

我想那几个年轻人一定被刮到太平渠了。

我还写过一封信，是写在一张黄牛皮纸上的。我说了马车丢掉的事，我让村里等着，我一定会把马车赶回去。我还在信上按了手印。信是在一场大风中寄出的，我看着它飘到半空，旋了几下，便朝太平渠那边飞走了，不知你们收到了没有。肯定没有。

十三

冯七说的那场风，是在十几年前的一个夏天。

那场大风刮跑了太平渠的两头猪，上百公斤重的猪，被风刮着跑。猪的叫喊惊动村人，人们把头探出窗外，胆大些的爬到屋外，紧抱树干想看个究竟。

这时候从西边的荒野上飞快地刮过来几个人，他们像单薄的衣裳随风飘来，被村里的房子挡住。

风刮来的是几个年轻人，据说老人的根子硬，风刮不动。

风停后这几个人睁开眼睛，呆傻地望着周围的陌生人。他们问这个村庄的名字，有人告诉他们：这是太平渠村。他们从没听说过这个村子。

他们说出自己村庄的名字：八分地。我们也直摇头。

后来村里一个叫杜奇的老人说他知道八分地村。这几个迷路人如获救星，围着杜奇一个劲叫着爷，要老人家给他们指一条回去的路。

老人告诉他们，只有一条风走过的路。不过没关系。人到了万不得已，什么路都是人的路。你们年轻，会走回去。从这里出了村，一直朝西走。穿过那片戈壁后，再穿过另一片戈壁。反正除了戈壁还是戈壁，你们只管不停地走，这样走到你们80岁的时候，就会回到自己的村里了。

不过，在中途你们还停些日子，当你们走到四十多岁的时候，会经过一个叫一个坑的村子。这个村几十年没出生过一个男人，几乎全是女人。你们不要走过去，娶几个女人生些孩子，然后带着家口再走。因为，你们单身回去毫无意义，等你们走回家，你们的家人早已全部谢世。房子也全倒塌了。等待你们的只是一片废墟。

几个迷路人听得更加呆傻。他们面面相觑，有一个坐在地上哇地大哭起来。最后，他们还是下定决心：不回了。

那场风中，太平渠村丢了两头牲口，却白捡了几个人。

十四

我给一个叫莲花的女人打了两年长工。她的男人去南梁打柴的时候丢掉了。再没有回来。我们说好工钱，我帮她种地、提水，还干些屋里的事。

女人很招人喜欢，你见了也会迈不动步子。

不过，一个人要是心里装着件大事，就不会在小事上犯错误。

我知道我是来干啥的，清清楚楚。

那天干完了活，女人把我叫到屋里。女人只穿着一件透亮的粉红小褂，两个乳房举举的。

女人说:"你想不想要我。"

我说:"想。想极了。"

女人又说:"我让你要一次给你少付一天的工钱,行不行。"

我说:"不行,你给我十次少付一天的工钱都不行。"

那以后女人开始不讲条件地留我,她喜欢上我的本事。我是放过牛的,见过各种各样的牛爬高。我把这些见识全用到女人身子上。女人撩得身心淫动时,我便爬起来要女人加工钱,不加我就收工不干了。

女人在土炕上又滚又叫,一个劲地答应。

这样不到两年,我便挣了一匹马的钱。我买了一匹马,就是拴在房后面那匹。你看它是不是老得不行了。我买它的时候,还是个小马驹呢。

接着我开始筹备做马车的木料。你知道最难凑的是辕木,两根辕木要一样长、一样粗、一样的弯度。不然做出来的马车左右不平,走起来颠不说,还装不住东西,容易翻车。而找两根完全一样的木头是多么不易。也许做成一辆车的两根辕木,分别长在世界的这头和那头,你得满世界地把它们找到一起。

我先找到了一根。是我十年前从南梁上砍来的。粗细、长短都适合做辕木。我把它藏到一个隐秘处,不让雨淋、太阳晒。然后我开始找另一根,先在村子里找,没有。再到村外找。再后来就走得更远了。幸亏我先买了一匹马。我骑着马,方圆几百里有树的地方几乎都被我找遍了。有的树粗细一样但长短不一样。有的粗细长短一样,但弯度不对称。总之,没有一根匹配的。我这样找了整整两年,都有点绝望了。

一天，我骑着马无精打采地往村里走，正走到这里，我发现一棵长势和我的那根辕木一模一样的小榆树。只是太细了，只有锨把粗。但我相信它迟早会长到辕木那样粗。我再不去找别的树了，我非要等到这棵树长粗。

十五

从那天起，我几乎每天都来看一次那棵榆树，我担心它没成材就被人砍了。树长到这样大小是最危险的时候，它刚好成了点小材，能做锨把或当打狗棍用。但一般人又不把它当棵树，顶多把它看作一个枝条，谁都有可能一镰刀把它割回家去。不管有用没用，往院子里一扔。他家又多了一根木棍棍。几十几年后这片土地上却少了一棵大树。

这样照看了几个月，我越想越担心。后来，我就在小榆树旁盖了一间土屋。我要住下来看着它长。

我说的就是这棵歪榆树，它欺骗了我，让我白守了十几年。冯七指了指头顶的榆树。

它不是长得很粗了吗？我说。

可它没长成辕木。

我精心伺候着这棵树，天天给它浇水，刮风时用绳子把它拉住。

这棵树似乎知道有人在培养它，故意地跟我较劲。我越急它越不快些长。有一年，它竟一点没长，好像睡着了，忘记了生长。我怀疑树生病了，熬了一锅草药，浇到树根上，第二天，树叶全黄了，有的叶子开始往下落。我想这下完了，树要死掉了。我仰起头正要大哭一场,一行大雁鸣叫着从头顶向南飞,我放眼一望,远远近近的树叶都黄了。

原来是秋天了。

十六

又过了几年,树开始扎扎实实地长。枝叶也葱茏起来,我挂在树杈上的一把镰刀,随着树的长高我已经够不到。我磨好斧子,再过一年,我就要砍倒它了,我想好了让树朝西倒,先在树根西边砍三斧头,再在树根东边砍五斧头,南北边各砍一斧头。在树脖子拴根绳,往西一拉,树就朝西倒了。

若是树不愿朝西倒,朝东倒,那就麻烦,我的房子就要被压坏。不过这都不是大事。关键是我守了十几年的一棵树就要成材了。

就在这个节骨眼上,我发现树开始胡长了,以往树干只是按小时的长势在长高长粗,可是长着长着,树头朝西扭了过去,好像西边什么东西在喊它。随着树头一扭,树身也走了形,你看,就变成这副怪样子。

我用根绳拴在树头上,想把树头拉回来,费了很大劲,甚至让马也帮着我一块拉。折腾了一段时间,我终于明白,我根本无法再改变这棵树,它已经长成一棵大树了。

十七

我望着头顶这棵榆树,觉得没什么不对劲。看不出哪个弯是冯七所说的"胡长的"。

我说，榆树吗，都这样，不朝东弯就朝西弯，长直了就不叫榆树了。况且，你也没白守，你乘了十几年的凉哩。再说，树头不向西扭，哪有这么大一块阴凉。

你笑话我哩。我跑这么远，就为了乘凉是不是。

那倒不是，你心里有大事哩。那后来呢？

后来……你看我老成这样了，还能干啥呢？马也老得站立不稳。我和老马整天守在榆树下面，像一对老兄弟。我把马缰绳解开，笼头取掉，我想让马跑掉，我不能连累一匹马，可是马寸步也不离开，有一根无形的缰绳拴在马脖子上也拴在了我的脖子上。

马有时卧在我身旁，有时围着土屋转一圈。我从树上打些叶子喂它。马吃得很少，像在怜惜食物。我往它嘴里喂树叶时，它的双眼静静地望着我，好像在告别。我想连马都意识到：这就是一辈子，人的，马的。做没做完的事，都得搁下了。

正当我心灰意冷，为马和我的后事着想的时候，没想命运又出现了转机。

十八

那天我去村里给别人还锯子，顺便想看看那个叫莲花的女人，这些年她常来看我，有时带点吃的，有时给我补补衣服。她活得也很难，家里没男人，有许多活得求别人。但她从不轻易打扰我。她知道我是干大事的男人，心里装着大事业，她不想因这些小事耽搁我。

她不知道我的大事已经完蛋了，剩下最后一两件小事情：向她道个别；把锯子给别人还掉。这把锯子我借来已有七八年了。它的主人一定认为我锯掉了多少木头，做了多少大东西。他不知道，我要锯的木头只有一根。

走到村头，我有些累了，便在路边一根木头上坐下休息。

一个叫胡开的人走到我跟前。他好像也走累了，在木头上坐下。

"听说你在造一辆车，造好了吗？"他望着我手里的锯子。

"听谁说的？""还用听谁说吗，好多年前我们就知道你在做一辆车。那时你经常骑一匹黑马四处找木头。见了人就问，你知道哪有一棵这样弯度的树吗？你用胳膊比划着。后来我们才弄清楚，你在找一棵跟天空一样弯的树。于是有人就猜想，你肯定在做一辆往天上跑的车。说你经常骑着马到天边去，看从哪块云旁边上天比较容易。还说你经常扬着头看天，不理识我们村的人。唉，没走成是吧。天上的路也不平呀，你看到处是云。"

他做出一副很同情我的表情。

"我在做一辆地上跑的车。"我说，"我缺根辕木。"

"你说笑话。到处是做辕木的料，还缺这个。自从地上有了车，全世界的树都长成辕木了。你闭着眼砍一棵都能做成车。""可它不对称。"我说，"找不到两棵完全对称的树。"

"为啥要两棵呢。随便砍一棵树，从中间一破二，不就是两根完全一样的辕木吗！"

他的话让我惊呆了一阵。这么简单的道理，我为啥不能早知道呢。

这些天我一边做车一边凑麦种子，已经有半麻袋了，再凑4麻袋半就够了，我要顺路把麦种给沙门子送去。沙门子现在怎么样了？"

十九

冯七把身子斜靠在一根辕木上，侧眼望着我。他的眼睛放着光，身体其他部位却异常暗淡。

"我不太清楚沙门子。"我说。

"不过那地方早没人了。自从你去送麦种没回来，便再没了那边的消息。"

"村里也没派人找我？"

"找啥呀，一群牛都没了，再少个放牛的有啥关系，你别生气，村里人确实早把你忘了。"

"不过，倒没把沙门子忘掉。前几年，村里派了人去沙门子看，因为那边老没动静，也没一点有关沙门子的消息，太平渠人便觉得可怕。"

"那人是骑马去的，到沙门子一看，只剩一片破房子，人早不知哪去了，地里光秃秃的。破墙圈里爬满了四脚蛇，我们叫马蛇虫，你一定见过，全长着圆圆的小人头，见了人马便追咬。那人吓坏了，打马往回跑。回来没几天就死了。"

"你认识那个人吧，他叫王多兰。不过他也该死了。他爹就是这个年龄死的。他总不能活到比他爹还大。那就不孝了。以后人们就传说沙门子人全变成四脚蛇了。因为再没别的出路，前面是连鸟都飞不过去的沙漠，左右是戈壁滩，他们能去哪里。"

"变成四脚蛇好啊，再不吃粮，不用种地、盖房子。有草有小虫吃就能过好日子。"冯七喃喃地说了一句。

"现在太平渠人最怕的就是四脚蛇。这几年村子周围的四脚蛇猛然多了起来。已经有好几个人被吓死了。"

"这种根本没办法防，村里人把以前防沙门子人时想的那些办法都用上了，也不见效。这种蛇会打洞。想进谁家的房子，远远地看准了，一头钻进地里，刨个洞就去了。所以，人们常常发现四脚蛇突然出现在屋子中间或桌子下面。"

二十

"这么说我更要赶紧回去了。"

冯七坐直身子，又操起斧子敲打起来。

"他们竟把我忘了。我非要回去让他们想起这回事！我得赶早回去。回去晚了，知道这回事的一茬人全死了，我就再也说不清了。"

冯七长出了一口气，又说："你是从哪边来的。回去的路好走吗？"

"好走，路平得很哩。"

我没敢说出路全一截一截地分给个人了。这块土地上再没有一条让人畅通无阻随意游逛的道路了。你得花钱才能过去。我只是劝冯七："你别回去了，太平渠早就不用马车了。以前的旧马车，都劈掉当烧柴了；马也没用了，都宰掉吃肉了，马皮全做成皮夹克了。"

　　冯七好像没听见我说的话。他更加用力地敲打着。他在钉最后几个铆。看来这架马车终于要做成了。

巨 砚

李平易

　　古董师终于又来了。当然是为巨砚而来的。她谛听着那个已经熟悉了的足音：声音由远而近。穿过长长的巷弄，踩上那块爱晃动的石板，由脆脆的一鼓作气转成拖拖沓沓的迟疑，紧接着又坚定不移地走了进来。每次都是这样。端午节快到了，古董师的足音挟带着强烈的阳光和热风。从清正堂破败的前厅到最后一进屋，足有五十米，走到里面，古董师身上那股阳光的气息也被两旁幽暗的墙壁吸收殆尽了。但就是剩下的那一点点，离她两丈远坐着，她还是能闻到。她觉得眼前亮闪起来。事实上，她能清晰地辨别越过一个又一个门槛，转弯抹角闪进屋里的外面的气息。梨花雨，麦黄风，她自信能闻得出成色。自从瘫在床上，能看到的东西实在太少。房里很幽暗，狭长的窗棂上糊着的旧报纸，早已发黄，又停了厚厚的灰尘。灰厚处坠开了一些裂缝，要到近午十一点光景，阳光移到窗子上，才能透过裂缝，斜伸到床上，与她眯成一条缝的眼睛对接。她嫌这光刺眼，转过身睡，只让无数的尘灰在那几束窄窄的光带中跳舞。有时她想，瞎了或许倒清闲些，睡得安心些，盼着眼中的白内障快快长大。但听到古董师的足音，就没了那份心思，两眼放出光来。

古董师很聪明，而且，泻水置平地，南北东西流，无论哪条道上，他那份灵性都能跑老远。自从他七拉八扯揣来一个证，这一带看得见的古董都叫他鼓捣得差不多了，现在他正朝人家有意深藏的东西进攻。他自信而执著，总有一天，古董师要变成古董王，至少在这一带出个名。那巨大的砚石是他成功的拦路石。他记不清是第几次来了，但他相信能搬走它，变成他事业成功的铺路石。

他每次都趁她的侄媳妇不在家的时候来。虽然那侄媳妇出名的贤惠、孝顺，如亲生女，他却知道老妇人存有戒心。侄媳妇不在家的日子天气总要出奇的好，非但侄媳妇，大房子里其他健壮的大人小孩也到田野里去了。

"砚床，卖了吧。这回我再让你一个价，得了钱你可以到上海看医生。"

她坐在一只很小的红木方凳上，蹭到房门边，主要靠手的力量。如同徽州所有有教养的妇道，尽管瘫成这样，她总不愿失去待客的礼数。"茶就请你自己斟了。"一绺枯干的白发，很长，从左耳轮搭拉下来，本应该是盘在后脑的。

"不要一来就说砚呀石的，我的古董够你收的。说点别的。"她竟有点讨好地笑笑。五十五岁睡歪的脸，勉强装出的笑容自然很难看。

"说点别的，别的你不懂。我早不是偷偷摸摸的了，我怀里有证，还是文物商店的博物馆下了聘书的特约收购员，支一份干薪。你这大砚台由外贸公司转手，送往出口展销会，开价不会低于一万，更大的是名声。要给博物馆看中，弄到省城。我娓娓道出来龙去脉，会更加热闹。要说外面事，我都迷糊，你瘫了三年，只以为我是痴人说梦。

"哦，外面，麦快割了，好年成，茶叶价钱大，山里人发财。这村里前街又多了两家小店。世上事是越发说不清，钱越来越干净了。路上碰上一蒲耔田莓，漆乌生甜，你尝尝味道。"讨她好地递过去，心不在焉地说，只望着堂下的砚床思忖：总会搬走你的。

砚床就睡在那里，两块琴石架着。四尺长，两尺五寸宽，八寸厚。一底一盖，衔得紧密。外行佬看着只是块青石，不过做得精致些。内行如果初次见面，也不会经意，因为天井上又添了瓦，太幽暗，看不清楚。她来到吴家时，砚床就这样放着，从不曾掀开盖看看里面是个什么样子。从丈夫绝意进取，淡泊于一名美术教师后，婆婆就叫人把它盖上了。六月天，丈夫喜欢睡在砚床上，不够长，就脚下搁只竹椅。从前，大房子里人人都想在大热天来砚上坐坐。吴家其他几房败得早，三代前长衫就换成了短褂，婆婆曾说正是种田佬的猪粪味儿冲掉了灵气。当初，丈夫硬要她坐卧，夜深无人时，还硬要两人局促地同睡在上面"赖凉"。当然要抱得紧紧，手动一动都得打招呼，不然两人会一起滚下地。开始她坐上去顿觉凉气直冲脑顶，毛孔收缩，光润皮肤凭空起了皱，关节也冻住了，冰得人忘了世上还有三伏。她禁不住想，或许这砚里真装着千年不化的冰块，丈夫自然笑说没有。但她坐上三回，就当作极可爱一张凉床了,天一热就黏糊上。她使吴家绝了后,现在又得偏瘫。人们都说是这屋子阴气太重,砚床阴气太重。

砚床就睡在那里。古董师不来,她回忆起往事,总是模模糊糊的。古董师一来,张口说砚,往事就一件件明晰了。他来意不善,是要买走它,还想贱买,连同她的往事,这她很清楚。心里装着块沉甸甸的石头,总还有所牵挂。卖掉它,古董师自然不会再来,她也就什么都没有了。

她认识几个医生,知道这病是难治好的。

"这块石头,你要它干什么?门口青石凳有的是,五百块钱够你看病了。"

"我这病是不用操心了。"她又笑笑。这回笑得好看,坐了一刻,睡歪的脸端正过来,只在嘴角留下一点小小的倾斜。"古时那块和氏璧也认作顽石的呀。"停停,又添一句,"是青石就不值五百块。"

"还不是面上有些发亮的天雷子,这倒少有。"当地人总说天雷子是闪电遗落的,其实那是嵌在石上的硫化铁。

"那就不止五百块。"

"再加个'一',怎么样?"贼样地说,低低地,老鼠样的动作。他是发了誓要把砚石弄到手的。

她无动于衷。

"不要糊弄我了。我一时死不了,有时间再议。要卖总是卖给你,不骗你的。"给他一线希望,引他下次来,来了自然就会谈起这砚,谈起过去。

这次对方却被激怒了,"我不来了!你付草鞋钱,我还懒得走呢。"他大声嚷嚷,茶一口喝得精光,"我等你侄媳妇回来,跟她讲,让她做主。哼,两百块,她乐得送我。"竟有这样恶毒的念头,对一个病妇。

"什么,你不来了?"老妇人有点惊慌,刚露出些微红丝的脸变成灰色,"不要骗我,这几年你白跑了?侄媳妇,带了中饭下田的。她不要我的东西,一根线都不要。"

古董师自知失言,暗怪自己缺乏耐性。"你甭见怪哦,我们是老关系。总会谈成的,下次有空再来,过两天去省城出差,一时没得空了。"

"那边桌角有个笔筒。你看看,五块钱值吧,坐半天,空手回家,我也不过意。"

古董师拿出五块钱递到她手上,要在别处成交这买卖,他会说自己运气好。这里目的不同,他是冲砚床来的。她知道笔筒决不至于五块钱,公公当年也收过古董,家里每样小摆设都有来历,丈夫曾不经意地告诉她,日子越长远,古董越值钱。

古董师走了,揣着笔筒,不甘心地走了。足音由近而远,消失在阳光灿烂的大厅门口。她可以到外面晒太阳,让人背或抬都可以,侄媳妇说过多次,但她不愿意。瘫倒前,谁不说她是大房里齐齐楚楚头一个。出去总得洗脸、梳头、换衣服,多麻烦。日子一长,也心安理得,好像就不应该到外面去,也没旁人再咕叨。

又不知有几多日不曾有人提起砚床的事了,侄媳妇不会提,偶尔串门的妯娌姑嫂不会提。大家铁定认为她的瘫是几十年来贪凉,砚石上睡得太多,罪在石头。在她面前讲砚床就是讥笑她的瘫。说人不说痛处,病人面前一定要遵守古训。好点啦?好点了。

吃过啦？吃过了。来看望她的人说不出什么新鲜话，就说几句最经济最简单的寒暄话。但是，她就是要和人谈谈这砚石："哎，我真想好起来，再到那上面坐坐。"人家就瞪大了吃惊的眼睛，思量她瘫了太久，神经有点那个，避而不答，匆匆逃走了。

丈夫说过砚床的来历：这块石头叫龙尾石，产于婺源龙尾山，埋在阴坡湍急泉流之下，当今文房四宝中的端砚，实在没有歙砚的历史长。从前，挂清正堂的大匾，五尺见方的字，要特制的毛笔写，这样的毛笔要用特制的砚台蘸墨。用的就是这块砚。请来的书家临场双手发抖，不敢开笔。一个看热闹的乞丐自告奋勇用烂棉花团蘸墨划拉出来。如今那大匾早卸下做了吴大家的猪栏门，匾上"清正堂"三个字还是方方正正，毫不褪色。后来，砚床归他一房所有，一直供在明堂下，也许应该供到条桌上，可是它太大太重了，没法可想。她大热天躺在砚面上，人家是看见的。砚石和吴家绝后有关的闲话不是没有风影。有些事情真不应该在砚床上做，做丈夫的当年花样真多。她不愿相信是这回事，总觉得是丈夫身体不行，再就是太痴太傻。看起来风流小生一个，脏腹空空。只怪他三十几岁就撒手走了，那时正在调药给他服。就为了一张画，有这巨砚的人还不会画？也怪他画得太好了，人家分不清是他的，还是黄宾虹的，他偏又说是黄宾虹的，开玩笑般地作伪。人走霉运，就谈不上"风雅"，哪有不丢人现眼的，丢人现眼，也不该夜半恍惚，走路走到新安江的深潭里。她想到丈夫的死，就觉得他骨头到底不硬，绝后不能全怪她，心里堵得慌。幸亏她很少想到。照说倒是应该恨这砚台的，可是恨也恨不起劲，说到底，忘不了它。

侄媳妇咚咚进来了，带了午饭也还可以回来吃的，只要她愿意。"婶娘，有人来看过你？怎么出来了。"她看见了桌上一只放得没规矩的茶杯。

"没，没有，我想透口气。"在晚辈前撒谎总有些心慌。

"有收古董的来莫理睬。"她不知道刚才真有这样的人来过。也不知道吴家上两代也是古董师，连买带蒙过许多好东西。丈夫信中说，近来一些外人涌进文物之海的徽州寻宝，叫她提防些。

于是老妇人又一天一天打发这难耐的时光，没有人和她谈起砚床，她孤零零地睡在幽暗的房里，砚床孤零零地睡在幽暗的明堂下。巷弄里"咯噔、咯噔"的脚步声自然是来了又去，去了又来，但却不是她渴想的声音。左邻右舍能避则避，不是不想来，来了不好说话。她总是叫人到砚上坐一坐，不是神经有毛病，就是久病把心弄歹毒了。人家虽然有子有孙了，老了瘫在床上照样凄惨。

砚床睡在那里不说话，她睡在那里也不想说话，扳着手指头算古董师走了多少天，扳着扳着，弄糊涂了。她却又宽慰地想：古董师总会来的，这砚床还在这里。

古董师到底给她盼来了。外面跑一趟，他见了世面，也增长了信心。外面人不就是那个样子，自己定能把这方圆几十里的古物悉数收尽。领导赏识他，给他三倍的奖金。在广州，还有个香港同胞靠近他想搭讪。他可是有些瞧不起赞赏他收购小物品的领导们，这是些什么玩意儿，哼，真家伙你们见过吗？他就想起了砚床。我把这东西弄上来，让你们呆傻一阵。泡在办公室里算个什么"文物工作者"。

又是绝好天气。已是秋天，秋阳明丽，秋风飒爽，秋水苍苍，秋菊芬芳。就应该挑这种天气上清正堂，这种日子勤快的媳妇绝对不会留在家里的。

"好久不来，我当你出事了。"有几分嗔怪。收古董的最容易饱私囊，谁不知道。老妇人更加知道。

"哪里，我说出差的。逛了趟广州，东西贵死人，裤裆都差点抵在那里。"

"广州比苏州远几多？"她又提到苏州了。能把姑苏女子拐到徽州的山里佬都是挺迷人的。十五岁那年，她拿着娘留下的几件首饰去一家当铺，这当铺是徽州人开的，在门口碰上了成为她丈夫的男人。他在阳光底下作画，她痴痴地看他描完最后一根水草。那几根水草带子似的，把她牵到了徽州。她抛弃了那个靠典当首饰过日子的家，也割舍了屋后半亩地大的花园，园里几株抵得香雪海的梅。

得把她话题引开，缠上她的话头，连茶也不叫斟了，好个读书识理的妇道。"啧啧，你知道广州稀饭多少钱一碗，五角。白天鹅宾馆，一家大饭店，四十七层楼，睡一晚一百多块钱，比天都峰还高。"天都峰她也没去过，虽然走出后门看得见隐约的峰巅。"街上人呀，比上海南京路多，苏州观前街就更没得比了罗。人身材都小小的，眼窝抠进去。有的后生家长得不古怪，穿扮稀奇。"

她闻着他身上散逸出秋阳的气息，也闻到掺杂其中的腐草衰叶的气味，鼻翼亢奋地抽搐。"你就知道广州，别的地方没去吗？苏州没去？"她这辈子没想过广州，也不想去。

"想去没去成。"其实他是从那里返家的，刚才漏出个观前街。

她失望了。沉默了一会。"城里现在怎么样？"

"城里,老样子。摆摊子的更多,剃头店越少了。"他并没有真去统计过,只是看到街上行人头发更长了。他对县城不以为然,和这大房子差不多,看多了就不知道讨厌。

"砚台的事想明白了吧,上次开价不变,算点利息,怎么样?"无须隐晦,就是为这而来的,别的只为她解闷儿。

"你就只记得把它剜去。"停停又说,"卖也不是不可以。"她的态度有了惊人的转变,古董师两眼闪出绿光,赶紧捕捉住:

"我总算听到这句话了。"

"价钱上不能诳我病婆子。"

"这个我们就好商量了。"目标已经向自己靠拢。他记不得自己来了多少次了,终能为这句话欣喜若狂。

"先说好,你别弄几百洋来糊弄我,没有这个数你开口也是零。"干枯的手指做出一个很精巧的动作,这动作只有大户人家当过家的女子才能做出,是这般灵巧,有趣,还带点调侃的味儿。古董师看懂了,她要的是壹千元。

"你这开价也太高了,我可是诚心诚意。"他压住烦心,尽量和颜悦色地讲。

"我也是诚心诚意呀。"她说得很有滋味。

"……我……"

"你……"

讨来还去,她到底又想起一件往事:丈夫要她睡在砚床上作画。那一天公婆走亲戚去了,丈夫把门关得紧紧,叫她脱下衣服,贴着砚床,不管砚石冰凉冰凉,说是画一幅油画,题为"砚之神"。作好后,丈夫笑着说能卖壹千元,可他还舍不得。他藏起来。去世后,画也下落不明了。

"你还说，夸赞个没完，这不是地道的砚石，是黟县青的变种罢了，乌光溜溜。"黟县青是一种黑色大理石，是皖南山区盖房铺路的好石料。古董师只好来硬的，他再也不能被这个偏瘫的老妇人治住。

"你知道老吴家三代前吃什么饭的，就算是黟县青，几百年光阴，一寸光阴一寸金呀。"睡歪的脸略显讥讽的微笑让人想吐。

"好了，来了这么多趟，我不想再来，这是壹千元钱，十扎。收起来。隔日我叫人来抬。"这是他真心话。

她幽幽地看他一眼，发现真有一不做二不休的神色。她双手巍巍伸出，却把钱推过去："这么多钱显眼，你先收起来。买走这砚，应该把这砚的来历人事弄清楚，日后别人问起，也有个讲头，那才叫值钱，我说给你听。"

"有什么好戏文，念吧。"不知她葫芦里卖什么药，"我不喜听二遍戏，你可是对我说过多回了。"

"我倒要考考你，知道苏东坡写歙砚的一首诗么？"她不想对牛弹琴。

"萋萋兮雾谷石，宛宛兮黑白月……"干这一行，这点文字功夫还是有的，"苏东坡可不止写了一首。"

"好了，别背了，我说。"她发觉难不倒对方，"这砚本是献给朝廷的贡品。石工刚刚采下，没送进郡城凿制，那南宋小皇帝就跳海身亡了。这砚石自然没着落。当时石工情急生智，干脆埋在了自家屋后。"

"我知道，后来你们吴家贩盐发了财，成了读书人家。"他指指那副"几百年人家无非积德,第一件好事惟有读书"的对联,"没想到先祖是石匠。顾念先人,请人粗粗剥成这样一副砚床,镇住读书人家基业。"

"你知道的我不说。浙江和尚在这儿蘸过墨,你知道不?"她灵感突发,无人传授说出一句来历。

哟,这可不能是诳言。这东西送进博物馆和浙江大师的画挨在一处,那价值会怎么论?"我哪能知道这么多,你再说说,说细些。"

"今天说累了,吃不消。隔日再来吧,砚石奇事多着呢。待我说完,你拿去好了,价钱已经说定,绝不卖给别人的。"她确实疲乏,蹭着凳子直喘气。

就是说完了,三天五天就编一个好好的。

古董师蓦地收起一扎扎票子,脸上青筋绽将出来。"你在糊弄我,好吧,我说到做到,让你卖一万块吧,我不会再来了。"

"要卖就卖给你,绝不会卖给别人。"

"寻我开心,要我和你说话解闷儿。我事多着,后天就要去上海。你好好躺着吧,有人陪你说话的。"

"咯噔、咯噔",走了,古董师跨出了门槛,脚步很重。他还想创造出一个奇迹,这最后一招,对手或许会屈服。这个女人是只病老狐狸,永远在那里想她的歪心思。他没时间和她缠了,或许是同行发现了同样的秘密,也知晓了他的鬼鬼祟祟,暗中操纵着。老妇人竟没有声嘶力竭地要留住他。他被甩弄了,彻底被甩弄了。

古董师从二十来岁挑着货郎担偷偷摸摸地干开始,还从来没真正喜爱过一件经手的古董，无论真假。只有这巨砚例外，他是真心喜欢上了。他依赖这些东西维持生活，撑着发财的希望。他却讨厌它们，看不起它们，让他爱上的只有这方砚床。也许是来的次数太多，从主人缄口不语到愿意商谈，一次次，慢慢产生了感情。同样，对这砚床的女主人他则有十倍于爱的憎恶，那肮脏而可怖的妇人。她的日子已经不多了，为什么不能成全别人，她可以成全的不是一个人呀。幸亏他是暗中行事，没向谁夸下海口。

他只顾自己愤愤，不知后面的老妇人是怎样一种心情，怎样一种神色。

有黄山做屏风，徽州盆地冬天常常也是风和日丽，早上薄薄一层白霜，叫阳光一抹就没了踪影。十月小阳春，有时还延续到十一月。古董师忙忙碌碌几个月，还是忘不了那块巨砚。今日稍稍空闲，不觉就走过来，走上这条已经走厌的路。他就想看看那家伙，连钱也没带。

走上路，他才知道，自己实际上一直在后悔，那天真不该负气而走。为什么这么长时间不去了，也许只要再坚持一次，水滴石穿，大功即告成。

他不承认自己是失败了。

门是关的，他喊了一声，没人应答，轻轻一推，竟自开了。从阳光里一下子走进幽暗的屋里，两眼昏花，什么也看不清。他眨眨两眼，又揉揉，猛然发现眼前是空的，什么东西也没有，简直置身于真空中。他习惯性地朝放砚床的地方望，砚床没有了。头晃晃，才看清堂前光景依旧，垫底的两块石条犹自存在，只少了柱子上那副对联。没有动静。他咳了两声，房里无人应答。走上前推推，里屋门关得紧紧。"她死了吗？"一个恐怖的念头涌上脑际，抬眼搜索四壁，倒没有一点举丧过的痕迹。他又小偷似的走近石条，弯下腰仔细看看，一道擦痕似很新鲜，大约刚搬动不久，但说不准。

迟了，晚了，完了。她那不治之症总会死的，前一阵又来了西伯利亚寒流，她死了。砚床带来了她的病，也只有她喜欢它，别人都看作是晦气物，自然也要处理掉。难道还要让她侄媳妇像她一样受阴寒之气而不事生育么？

"你找谁？"一个健壮的年轻女子挺着肚子从门外走进来，看见这男子在屋里张皇，疑虑顿生。早听说自己不在家时，有个男人常来，想必是他啰。婶母是不是留下风流债，她不愿去想，也从没听说过。她看不惯小偷样的人。

"她呢？"古董师忘了介绍自己。

"谁？"

"她呀，吴三家的瘫女人。"

"你是谁？来干什么？"

"我，我是文物商店的收购员。"他要尽量说得冠冕一些。

"她好了。"好了，苦熬到头了，也算长寿了。把她生命再拉长，让她多受一些苦，于人于己，都无益处。

"那好，那好，该松一口气了。"

年轻女子不满地瞪他一眼。他好不自在，仿佛立时成了一个矮子。

"那块石头呢？"他指指堂下，鼓足勇气也得问。

年轻女子琢磨着他的脸，很生气的样子，并不回答。

老妇人连死也不放过这块砚石。坟墓在哪里,他要把它挖出来,背走砚石,这种宝物怎能让其睡在地下。他跑了那么多次,这次只是想看看,却连看也扑空了,永远扑空了。

"埋到坟墓里去了?"他小心而不情愿地问。

"我不知道。"女子轻轻回答,像脱枚戒指。

"我看是不会埋的,那东西……"

她突然打断古董师的话,尖声地问:"你以前常来这里?"

他不能不点头承认。

"好,我正找你要石头呢。婶娘去世前两天,石头就没了,她睡着没听见响动。别人要这石头干什么?只有你,哼,买不到就偷,还好意思再来。"

"我,我没有,我好久没来了,是我偷的,我宁愿去坐班房……"他急得结结巴巴的。

"你来为什么总避着我呢?"女子相信了他的话。

他无法回答。眼前漆黑,头脑里一片空白。嘴唇下意识地蠕动:"不可能,不可能。"

"你,请走吧,我有事。"年轻女子要赶他。

得到房里去看看,也许……他清醒过来,往前走了几步,一手揽起挂了几十年的白竹布门帘,用足力气推开门。他立即闻到一股发干的霉味,几束窄窄的阳光透过窗棂上的裂缝,斜落到房里的大床上,无数的灰尘在光带中跳舞。看不见别的,他索性推开窗子,原来,房间里除了那张要拆下来才能搬出去的大床,竟是什么也没有了。

古董师张口再想问问清楚,健壮的女子却一把将他揉出门外,

"砰"地一声关上了大门。

  他再也推不开门。他不能相信年轻女子的话,这巨砚怎么能落到别处。当然,他还要深入了解它,要把它掀开看看。应该问问她的邻居。从前有多少次,他都是避开这些人来的,现在要找个人问问,偏偏一个人都碰不上。愣了会神,他忽然恍然大悟,人们都到外面晒太阳去了。大房子这么幽深昏暗,像盛了满满一屋子墨汁。他步伐快了起来,"咯噔、咯噔",节奏迅速、明快。

  欣赏这声音的人已经不在。他拿不准外面有没有人认识他。

美 满

凸 凹

武爱兰在邻居家打麻将。

她今天的手气好极了。在庄上已连和了三把。她喜在心上,面部表情却很平静。人生经历告诉她,再大的快乐也要隐忍,否则会遭旁人嫉恨。

人说,事不过三。这第四把,她就不抱希望了。却猛上牌,不一会儿就凑成了七小对和的阵势。她心猛地跳了起来,预感到,幸运又非自己莫属了。果然土堤不挡大水,竟摸上一张会儿——这是一把大和,赢冒了!但她捏着牌的手,却僵在空中,面部抽搐了一下。

因为她眼睛的余光,从厨房的门缝,瞥见自家的小狗被下厨的美英用锅铲重重地打了一下,也分明听到了狗的一声呜哝。她的心被剜了一下。

以往,她没有张扬的做派,摸牌时总是轻拿轻放,这次,她啪地把牌往桌上一拍,"他妈的,我和了!"

牌桌上的人被吓了一跳,"爱兰,你今天是怎么了?"

"不怎么,不玩了。"她站起身来。

按牌场的讲究,赢家儿要是中途退场,其他人是可以不结账的,所以,那三个人也乐得顺水推舟,纷纷把各自桌面上的票子收回囊中,打着哈哈。

"结账。"武爱兰冷冷地说。

"爱兰,你今天是怎么了?"牌友都愣了。

"少废话,结账!"她的声音竟锐利得很陌生了。

牌友们很不情愿地付出钱款,谁也不说话了。

这时,小狗适时地钻到她的脚下,她一把抱了起来,连个招呼也不打,深阴着脸子,走了。

美英从厨房走了出来:"爱兰怎么走了?夜宵都做好了。"

武爱兰在沙发上悉心地翻弄小狗的体毛,她在查找伤口。果然在小狗的脖颈上,找到了一条青痕,"该死的刘美英!"她把脸贴在小狗的脸上,竟滚下两颗泪来。

丈夫李铁锤睡得很沉,鼾雷阵阵。她愤怒了,提起他的一只脚,又重重地摔下去。李铁锤被折腾醒了,猛地坐了起来,"怎么,你是不是又输了?"以往,只要是武爱兰输了钱,总是拿李铁锤撒气,已成了条件反射。

"你看看咱们小童。"武爱兰把小狗塞给他。

李铁锤仪式化地抚摸了一下,"它不是挺好的吗?"

武爱兰瞪了他一眼,撩开小狗脖颈上的软毛,指给他看。

只是浅浅的一道青痕。他觉得武爱兰真是小题大做,但是却表现出十分得义愤,"这是谁干的?"

"还有谁?只有刘美英那小婊子才做得出来。"

"我去找她。"李铁锤知道,自己必须作出这样的姿态,否则,这一晚,他就甭想再睡了。

武爱兰把他探出床外的身子,狠狠地摁了回去,"你总是这么冒失。"

狗被打的过程,她是从门缝里觑见的,狗在当时又没叫出声来,又怎么能明确指认呢?

"那我该怎么办?"李铁锤不安地看着她。

"你记住刘美英那女人不是好东西就成了。"武爱兰的话中是有含义的,因为有刘美英的场合,李铁锤的目光总是游移不定,有些时候,还一剐一剐的,让武爱兰感到不舒服。

"行。"李铁锤只简洁地说了一个字,便重重地把身子摊回床上去。

"怎么,不乐意?"

"无聊。"

李铁锤很快又打起了鼾声,小童也在他们中间睡得很香甜,可是武爱兰却怎么也睡不着。对小童的怜惜,让她心潮难平。她开始埋怨自己,怨自己在驯养小童时,用心太过。小童刚进家门时,爱叫闹,饿了叫,磕碰了也叫,这让她很不舒服。她觉得,小童是爱尔兰珍贵犬种,应该有高贵的样子,在快乐和痛苦面前,应该隐忍,不能大喊大叫。所以,只要它叫嚷,就把它拴起来,停水停饭,让它在肉体的困厄中进行反思。狗终究是通人性的,它很快就理解了主人的意图，养成了温驯、淑静的品性，即便是受了再大的委屈，也安恬如初，不叫出声来。亲朋好友都夸它性情好，武爱兰很自豪，觉得很有面子。

但是，如果不是这样，刘美英就不敢在暗中下黑手了。狗一叫，主人跳。狗的叫声是一种预警信号，针对旁人，它有规避作用。

想着想着，武爱兰既忧伤又懊丧，睡意全无。

她不能容忍李铁锤那粗俗的鼾声，稍一沉吟，便一拳把他捣醒了，"就知道睡！"

"为什么不睡？"李铁锤咕哝了一句。

"你这个人真是太自私了。"武爱兰在他的要命的地方揪了一把。

李铁锤得到一种启示，不情愿地支起身子，"那好，我就伺候伺候你。"

"缺你？"嘴上虽然这么说，但身子却有了一个姿态。

李铁锤开始在武爱兰胖大的身子上鼓捣事情。

李铁锤身材瘦小，站立的时候比武爱兰还矮半头，在这个时候，他的样子就更加滑稽。武爱兰合着眼睛，不忍看他。他苦笑着，在自卑中，认真地履行着做丈夫的职责。从始至终，武爱兰的表情毫无变化，好像这种特别的激情事业与自己无关。其实快感来得很强烈，但也只是在眉头上不易察觉地抖了抖。这是她多年来的习惯，耻于表露痛苦与欢乐。

李铁锤一点成就感都没有，身子一顿，败下阵来。他仰望着明暗飘忽的天花板，对身边的女人隐隐地恨着。

武爱兰出生在一个农家，穷得连院墙都垒不起，父亲用秸秆插了一道简易的篱笆，有了一个象征性的院落。她身下有两个弟弟，食量大得惊人，粮食总是不够吃。为了对付肚子，他们家很少吃干的，即便是喝粥，也多是掺杂了大量的瓜菜、树叶之类。整个粥锅都见了底，两个弟弟还没有饱的感觉，便为刮锅底的结痂而撕破了脸皮。在大呼小叫中，她不说一句话，呆呆地坐在门槛上，望着远处。她看到篱笆上稀稀落落地爬了几株牵牛花，花朵悄悄地开着，很鲜艳，但是她看不出一点儿美来，只感到很寒酸。

初中毕业，她就主动辍学了，到队上挣些工分，帮衬一些口粮。但是弟弟们还是吃不饱，对她这个作出自我牺牲的姐姐，一点儿也不亲热。好像她本来就应该这样似的。她很伤心，愈加落落寡欢。但是并没影响她像野草一样向上拔节，身量高出家里所有的人，身板虽然单薄，但也亭亭玉立。

母亲看着她发愁，说高个女人一般都没有好命。

姑娘大了，惦记的人就多。虽然说媒的人踢破了门槛儿，她始终不吐口。她心中有数，因为那些个人家儿，都是农民。

武爱兰家门前有条土道，虽然狭窄，却是官道。三乡四邻的人都会从这里出出进进。其中有个小个子男人每当从这里路过，都要情不自禁地往篱笆墙里瞅上两眼，他在捕捉武爱兰的身影。因为他长得很不起眼，武爱兰虽然与他面熟了，但却从来不搭话，好像从来就没有这么个人似的。

武爱兰的漠视，让这个叫李铁锤的青年生出一股志在必得的勇气。有一天，武爱兰正在水戽斗上压水，背对着他投进来的视线。她的身子一起一伏的，两片臀瓣儿很鲜明。他有一种莫名的冲动，破篱而入。

听到声响，武爱兰转过身来，并不吃惊，平静地说："知道就是你。"

李铁锤嘿嘿地笑着，竟不知道说什么好了。

武爱兰发现，他的牙齿很白，区别于有牙锈的村里人，就正眼看了他一眼。仅这一眼，她又发现了他的一个优点：虽然脸庞很小，但是很清秀。一丝好感涌上心头，把刚舀上来的清水舀了一瓢递给他。

他慌忙接过来，咕咕地全喝了。

一瓢凉水垫底，他从容了很多，"自我介绍一下，我叫李铁锤，是国营窦店砖瓦厂的正式职工。"

这突兀的开场白，让武爱兰愣了一下，"不远"。竟说。

李铁锤点点头，"离这儿也就二里来地。"

接下来就无话可说了。武爱兰接着舀水。

"我想送你一辆自行车。"声音怯怯的，却很清晰。

武爱兰顿在那里，"凭什么？"

"你自己知道。"

对这没头没脑的话，武爱兰不知道怎么回答，她埋下身去舀水，搜寻着适当的词句。好不容易找到了一个句子，但转过身来，发现那个人已经走远了。那扇篱笆门，忽闪忽闪地动着，竟一点儿声音都没有。

"这究竟是怎么回事呢？"武爱兰心绪乱了，用刚舀上来的水冲脚。冲着冲着，竟觉得脚上有冲不净的泥巴，直至把水都用光了。

第二天，李铁锤竟真的推来一辆崭新的自行车。"永久"加重型，当时最好的品牌。

武爱兰脑袋嗡了一下，愣在那里。

她母亲看出一点儿门道，抢前两步，往屋里让着客人。

李铁锤笑着说："我还有事，先走了。"

李铁锤走后，她母亲试探着问她："闺女，这小伙子是不是有那个意思了？"

"什么意思？"武爱兰没好气地反问道。

"他是干什么的？"

"砖瓦厂的一个破工人。"

"你真是烧包，就咱家这条件，能有个吃商品粮的送上门来，是你的造化，千万别不当回事。"

"是我嫁人还是你嫁人？"

"别没大没小的，小心我让你爸用鞋底子把你打出门去。"

一句话，戳到了武爱兰的痛处——从毕业的那天起，她就感到，自己再辛苦，再顾家，在父母，特别是在两个弟弟眼里，总像是个吃闲饭的人似的。她心头一酸，泪下来了。

在那个时候，自行车对农村的人来说，是个稀罕物件。两个弟弟见到之后，无论武爱兰如何阻拦，他俩都要骑弄一番，磕磕碰碰的，让她很恼火。

"弄坏了，让我还怎么还人家！"

"你这个人真是奇怪，是他主动送的，又不是咱伸手要的，你就是看不上他，他也没脸再要回去。"弟弟说。

她更是来气，"人家是送我的，你们凭什么就这么硬气？要骑，也轮不到你们呀。"

武爱兰抓住车把不撒手,弄得两个弟弟没办法,"你真小气!"撂下这么一句话,悻悻而去。

武爱兰毕竟是个孩子,漂亮的自行车放在那里,她也稀罕,也冲动。最终还是管不住自己,试着骑了起来。她真是聪明又机灵,不到半天的工夫,就学会了。她极其兴奋,摇摇晃晃骑到大街上去,在众人羡慕的眼光中,她觉得自己长大了,是个女人了。

那天清早,她骑着自行车去邻村买小猪崽儿。往年去一趟,得用去半天的时间,这一次,转眼之间就到了,太阳才刚刚开始爬高,真是方便得很。往回骑的时候,她高兴地唱起歌子,觉得生活很妩媚。得意忘形之中,蹬得快了一些,以至于在下坡的时候,有些刹不住闸了。正巧迎面来了一辆小驴车,心里一慌,偏出了路面。车轱辘轧在鹅卵石上,一蹦一跳的,马上就要摔倒了。这时,车架子上的篾筐里,小猪尖叫了两声。在慌乱中,竟有了一个极清醒的意识:两只小猪崽是家里攒了半年的鸡蛋才换来的,牵连着全年的生计!她猛地转过身去,抓牢了。车子摔倒之后,她重重地跌坐在卵石上,怀里却紧紧地抱着那个篾筐。小猪崽安然无恙,但她的整个臀座却一点知觉都没有了,无论怎么努力,就是站不起来。再尝试一下,听到腰椎部位咯吱地响了一声,"完了!"她放声大哭。

乡间人稀,总也不见一个人影,她的哭声一点意义都没有,便戛然止住了。在绝望中,像要跟谁斗狠似的,她奋然挺举了一下身子,居然站了起来。她呵呵地笑了起来,连自己都感到奇怪,怎么在这个时候,还有心思笑?虽然腰部不敢动弹,腿竟然还能抬起来,阴沉的心,便闪出一丝光亮。她艰难地把篾筐放稳在车架上，推着车子往前走，一瘸一拐的，但意志坚定。因为她发现，只要自己一怜惜自己，腰就疼得厉害；一旦豁出去，一切都还可以承受。虽然都到了下午的光景，她才挪到熟悉的篱墙跟前，但是心中的忧伤竟在路上渐渐地被稀释掉了，见了母亲，她很平静地说了一句："猪苗儿我拿回来了。"

在家里的土炕上窝了半个月，她终于能下地了，对前来探望她的李铁锤说："你备份厚礼送过来，我跟你了。"

虽然没有落下什么明显的残疾，但腰腿已不像从前那样灵活了。他李铁锤得负这个责任！她在心中，无奈地说道。

虽然做了男女的事，李铁锤竟一点睡意都没有了。而武爱兰很快就进入了梦乡，粗重地打着鼾声。这让他厌恶不已。一个女人家的，睡得跟男人似的，一点美感都没有。但是他竟忍受了几十年，一句抱怨的话都没说过。在睡梦中，武爱兰竟咯咯地笑了起来，重重地翻了一个身。被子滑在一边，整个腰臀都露了出来。农村生活的习惯，她喜欢一丝不挂地睡。从侧面看去，在微光中，她的屁股无边地阔大，他的目光无法逾越。他不禁哀叹了一声。依常理，大屁股女人是善生育的，但她却一个孩子都没给他生。平时，只要他一露出遗憾的意思，她便瞪大了眼睛训他：还不都是怨你！她有不可辩驳的理由：就像雹子打过的花盘不结果一样，她结果的地方被他的破自行车伤了。由于不可逾越，他把目光移开了，心里骂了一句：真他妈的不知羞耻！

那只叫小童的小狗此时也没睡，好像理解他的寂寞一样，凑到他的肚子下，温湿的舌头还在他肚皮上体贴地舔着。他很难受，很反感，一把将它推出去。小童愣了愣，依旧贴过来——

它没有人类那么复杂的情感，察觉不到其中的敌意。李铁锤恼了，掐着它的脖子把它提了起来，恶狠狠地扔到床下。受了这样的虐待，小童却一声不吭，抖了抖被摔疼了的身子，又爬上床来。好像是明白了什么，这一次，小童在他眼前一个适宜的距离蹲着，用幽幽的眼神盯着他。狗的忍耐让他有些惭愧，他闭上了眼睛。但心中的不平却越来越强烈了，他想，在一个适当的机会，一定要好好收拾它一下。

因为是独子，与武爱兰成亲之后，起初是跟他的父母一起过的。父母有个大宅院，有坐北朝南的正房四间，东西厢房各两间，南面是院墙，竖着一个巨大的影壁，上边嵌着一条大龙，整个院落气势不凡。他的父母是老实巴交的农民，武爱兰这样一朵鲜花，能开进这么一个院落，他们自然觉得脸上有光，他们一切都顺着她。他们让出了自己住的正房，甘心情愿地搬进东厢房，颇有儿女在上的意思。但是，不到半年，武爱兰却以不容商量的口气对他说，咱得盖一座自己的房子。

李铁锤也没多想，笑着说："盖什么盖，等老人们过世了，整座宅院还不是咱俩的？"

"谁知道他们什么时候死？"武爱兰气哼哼地说。

这么妩媚的一个女子，居然说出这么不通情理的话，李铁锤很是吃惊。父母正值壮年，身板很是硬朗，那一天的到来，的确是很遥远，但是做儿女的也不能这么说话呀！他一气之下，不理她了。武爱兰也不理他，吃饭的时候也不露面。公公看出点儿苗头，主动来请她，闺女，该吃饭了。武爱兰转过身去，把个后背亮给他。公公不知怎么好，运了一口气，自己咽了下去，悄悄地走了。

后来婆婆来了,说,爱兰,铁锤让我们给惯坏了,你甭跟他治气,看在妈的面子上,你来吃饭吧。这一次,武爱兰可不像对公公那样客气了,她冷冷地说,喊,咱什么样的饭没吃过?婆婆被噎了回去。她是想让李铁锤亲自来请,但是他就是不出场,她伤心极了,一怒之下,回娘家了。到了娘家,弟弟们也并不给她好脸色看——嫁出的女儿,泼出去的水嘛。他们年纪虽小,但观念很老。她待得很窝囊,对李铁锤就又怨,又期盼。

李铁锤到底是来请她了。到了院里,也不进屋,只是不停地摇自行车的铃。她很来气,你是在招呼狗呢。便依旧"阴"在屋里。她联想到乡下的一种蘑菇——

雨后猝然从麦秸垛中长出来,又白又大,但是只要天一放晴,阳光一照,就突然抽缩得很小。她不能像那蘑菇一样,给点儿阳光,就落架子。

李铁锤只好把车子支在地上,自己钻进屋去,什么也不说,硬是把她抱了出来。他那么一个小个子,哪来的这般力气!惊奇覆盖了怨气,她顺从地任他把自己放到自行车后架上。等醒悟过来的时候,他已经把车子推出了院子。她想跳下来,但看到有一伙邻居在看热闹,便把身子往牢靠里坐了坐,做出享受的样子。她不想露出破绽,她要让邻居们嫉妒。出了村口,她跳了下来,"我凭什么跟你走?"李铁锤很想说因为你是我媳妇,但是那会助长她的气焰,便摇摇头独自推车朝前走了。"哎,你站住!"武爱兰吼道。她看到男人的背影是那么矮小、猥琐,油然而生的一种怜悯,使她很难受。李铁锤又踅了回来。"你要是让我跟你回去也成,但你得再把我抱到车上去。"武爱兰说。李铁锤懂得她的心思，给了她这个台阶。

行进在路上，李铁锤问她盖房的理由。

她告诉他，因为她看不惯那座影壁，更准确地说，是看不惯影壁上的那条大龙。

"我要是生不了龙子怎么办，我还甭进你们家门了？"这时的武爱兰就已经认定自己不会生育了。

"咳，既然是这样，咱就把它铲了。"李铁锤说。

"行。"武爱兰把头伏在男人的后背上，有些爱情了。

李铁锤把这个打算跟父亲一说，父亲像被抽了一鞭子似的，脸部抽搐了一阵子，然后把疼痛忍住了，略带忧伤地说："要铲也行，等我死了吧。"

李铁锤熟悉父亲的脾气，他隐忍痛苦，也隐忍幸福，但是就是不委屈自己的心。所以，老爷子虽然没有发作，绵软里藏的可是不可动摇的坚定。

他觉得自己真是不孝，因为父亲信奉风水，那个影壁是在风水先生指定下做的，他根本就不应该提那样的要求。

"这个臭娘们儿！"从父亲那里出来，他心里弥漫着这么一种情绪。但一见到媳妇因期盼而更加清秀的脸，他讨好地笑笑，"爸同意咱盖房。"

李铁锤在砖瓦厂里干的是力气活儿，下班的时候已经是很累了，但回到家里还要自己架着小驴车去拉砖，心里很不是滋味。哼，我怎么就娶了个你？要是娶一个工人，哪怕是商店售货员，按当下的政策，双职工可以分到福利房，我也不会受这个洋罪了。武爱兰心里也不喜悦，她得帮着自己的丈夫去装砖。虽然农家女不怕卖力气，但浸过厚厚的线手套，指甲里嵌上了怎么洗也洗不掉的粉末，使光鲜的小媳妇变成了邋遢的丑婆娘，她觉得自己的命不好。哼，怎么嫁了这么一个窝囊废？本来是被人羡慕的，竟还要受这份不可言说的累！

装满了砖的车子，是很重的，但武爱兰还要坐在车子的辕杆上，让李铁锤拉着她走。矮小的男人深陷在车辕下，高个儿的女人还盘腿坐在车上，风景奇特。李铁锤腾出一只手来，费力地擦了一把汗，"真有你的，难道我是你的牲口？"

武爱兰撇了撇嘴，"难道你不是？"

他们都不满意对方，但一遇见旁人，会同时做出灿烂的表情，让人家感到，他们的这个样子，是因为美满，是出于心甘情愿。

李铁锤虽然是工人，但是收入不高，心里总希望武爱兰算计着过日子。武爱兰可不管他这个，从一进门就讲吃讲穿。她有充分的理由：我之所以嫁给你，唯一可以在人前显摆的，就是你的工人身份，不吃好一点儿，穿好一点儿，怎么看出我是工人家属？

这个理由绝好。因为它既属于武爱兰，也属于他李铁锤：它能让他感受到最后的一点地位——你武爱兰也没什么了不起的，好歹我是个工人，能给你好日子。

武爱兰单薄的身子日渐丰满了，有了美妇的韵味。别的男人见了她，总往她身上撩。她心里也很热，觉得自己守着这么一个不起眼的男人真是亏了。她真想跟一个魁梧的男人发生点什么。但是，也就是想一想。她并不是为了守住妇德，而是自尊心在起作用。那个魁梧的男人如果是个农民，传扬出去，势必会让旁人认为她武爱兰嫁给李铁锤是一时糊涂，只是图人家的钱。那个男人如果是个干部、工人之类，就咱一个农家女子，人家会真心看上你吗？只是跟你逢场作戏，玩玩而已。在乡下，这种骚情事她见多了，多没有好结果。

出格的事，无论怎样，都会伤及面子，不如不做。由于不能做，她对李铁锤更是不满，以至于每次亲热，都别别扭扭。

但在李铁锤的眼里，武爱兰说不上怎么美。无非高一些，胖一些，食量大一些，屁放得响一些。有一次，他还跟武爱兰开玩笑，如果有能忍受一个女人打比男人还粗的呼噜的男人，我会乐意把你让给他。对这种不美其美，武爱兰很伤心，男人一有动作的时候，她会把身子拧得很弯曲，你少沾我！

李铁锤开支的时候，例外。男人把工资一分不少地交给她之后，然后涎着笑脸提一个要求："还不犒劳一下？"

武爱兰一边点着钱，一边把自己放倒在床上。一点都不难为情。

因为她觉得，这钱真好，既证明他李铁锤的价值，也证明自己的价值。

李铁锤跟她的感觉一样，在她身上纵情地拨弄，有时会亢奋地哭起来。

但是，事情一完，他立刻就像蜥蜴断了的尾巴，动弹两下，就泄气地蜷缩起来。"真没劲。"他心里说。

虽然一夜没睡好，但天一放亮他就起了床。他睡不了懒觉，只要到了以往起床的时候，如果不起来，脑袋会像灌了水一样，一窝一窝地疼。上班的时候，起早贪黑，觉总不够睡，就期盼着退休，好好睡一睡。现在真的退了，倒睡不着了。他觉得自己的命真贱。他看了一眼身边的女人，还是头晚上的那个睡相——恬不知耻的酣畅。那只狗竟然睡在女人的胸窝里，舒坦得连头都不见了，只是毛茸茸的一团。女人与狗都是没心没肺的东西，被人气过，被人伤过，转眼就忘了。

虽然心情不好，脑袋也沉得像灌了铅一样，但他还是认真地洗漱了一番。不是他有修养，而是出门做工养成的习惯。这一点，武爱兰就不成。她一辈子待在家里，改不了农村人的习性，从来没有像模像样地刷过一次牙。别看她身材、面相那么有样，可别张嘴说话，一张嘴，就有一股子麦糠发了酵的味道，很让人看不上。想到这，他不禁凑到女人的面前闻了闻，那股味道更浓了。他有了一种优越感，得意地笑了笑，走出门去。

他们家住的是一楼，门前有一块花园。人家的花园名副其实，种的是花花草草；而他家的花园，就是菜园了，空间搭着一蓬丝瓜架，地面上侍弄的是茄子、黄瓜、西红柿。他曾对人说，他本来是个农民，不幸当了一个工人，一旦退休了，一定好好找补找补农活，把过虚空了的日子过得踏实些。说到底，是与他的婚姻有关。武爱兰没有让他感受到一点当工人的优越性，还不如找一个普通一点的女子，那样会对他恭恭敬敬、百依百顺。可惜找了一个花瓶，中看不中用，还不能说一个不字。唉！

黄瓜该起秧了，根子下的草也发育得繁盛。他拿了一柄短锄，蹲在地上锄草。他的手真灵巧，锄刃在窄窄的垄缝间快速游走，草铲得干净，黄瓜的嫩根却一根都不伤。他得意地笑了笑，感到了做男人的自尊。在自得的劳动中，他的头变得清爽起来——

房子盖成之后，他们成了独立的家庭。外人很羡慕他们，一个是国家职工，有工资，有粮票，有布票，有肉票，有油票，逢年过节还发东西;一个是年轻漂亮的美妇,还聪明伶俐,只要人戳在那里,就很装门面。但他们自己的感觉就不一样了,他们之间缺少一种东西:甜蜜。

　　武爱兰虽然主内,但很少有耐心把饭菜做得精致,随意弄两道菜,应付着一日三餐。李铁锤吃着不合口,但武爱兰却吃得狼吞虎咽。她的胃口好,吃什么都香。所以李铁锤也不好提意见,隐忍地吃着。有的时候,他实在想改善一下伙食,就亲自下一下厨房。没想到,武爱兰对此反应激烈,气哼哼地说:"要做,你就天天做。"饭菜端上餐桌,她人跑得没影了,李铁锤还得寻她、哄她。这是何苦呢,他只好彻底放弃了。还有李铁锤的穿着,武爱兰从来也不上心打扮,他愿意穿什么就穿什么,反正穿什么都是那个小身块,一点气质都没有。媳妇的漠视,让丈夫也没那个心情,一年四季大多都是穿着那两套工作服。可武爱兰却很爱打扮,什么时兴就穿什么。他心里有意见,嘴上却不说。但武爱兰能感觉到,因为只要她一有新衣服上身,他的脸就要阴上两天。武爱兰有办法回敬他:他一想亲热一下,她就别扭他。虽然最后也把好事成就了,但因为经历了一番哄、劝、讨好之类的曲折,李铁锤的快感也打了很大的折扣。耳鬓厮磨间,他的心里,竟起着褶皱。

　　还有一层阴影——

　　李铁锤的父亲喜欢喝两口,他便每月给老人家打两瓶酒。起初,武爱兰不说什么,时间长了,以开玩笑的方式,就把话说了出来:"你可真孝顺,不年不节的也打酒?"李铁锤心中一沉,但脸上还是堆出笑容:"谁让他就我这么一个儿子呢。"虽然酒依旧打下去,但两个人都心照不宣地给对方记下了一笔账。三两个月下来，家里积攒了不少粮、油票，武爱兰首先想到要给娘家送过去。李铁锤心中还是一沉，身边的两个老人你怎么不惦记一下？所以，他虽然不反对，虽然脸上还挂着笑容，但是迟迟不付诸行动。武爱兰懂得他的心思，以撒娇的形式揪着他的耳朵，"嗯……你这个人真是没良心，我们家把一个如花似玉的大姑娘都给了你，你还舍不得几两粮票？"李铁锤知道躲不过，变换了一种积极的态度，"我是想等开了支，买成面再送过去。"李铁锤果然这样做了，但他心里有老大的不情愿。武爱兰装作不知道的样子，拍拍他的小屁股，"晚上我犒劳你。"李铁锤心里说："你省省吧。"但嘴上却说："这还差不多。"所以，晚上一边亲热地接触，一边都觉得对方很陌生。

真是机缘凑巧。这个地区大搞房地产开发，他们村的地和村民宅院都被占了，村民整体地转了户口，而且还安置青壮年就业。依照有关规定，男50岁，女45岁，就不再安置了，而是按月发给养老金。武爱兰这一年刚好45岁，虽然一辈子没参加过工作，却像工人一样，每月能拿上800元的"退休金"。退休金的说法，是武爱兰"气"李铁锤时说的，因为那一年，国家限制红机砖的生产，他所在的砖瓦厂被新建的一家轻型建材厂合并了，虽然还不到退休年龄，但本着精简效能的原则，李铁锤等一批老职工提前退了，他的退休工资也刚好800元。所以，在家里，他最后的一点优越性也没有了。更让他在武爱兰面前抬不起头的是，由于他们有自己的住宅，占地后，按建筑面积一分不花地回迁到楼房上去了。如果不是这样，他们得买商品房，虽然会享受到优惠价格，但也要自己掏不小的一笔钱。依他们的收入条件，肯定是要贷款的。武爱兰说:"当时我要盖房,你还老大的不情愿,你看看……"其中的潜台词是不言而喻的——他能过上舒心日子,是沾了媳妇的光。

衣食无忧,就剩下身体保健一件事了。但遛弯的时候,旁人从来也没见到两个人同进同出的影子。有人在甬道上见到踽踽独行的武爱兰,问:"怎么就一个人遛啊,李铁锤呢?"武爱兰随口说道:"他这个人忒懒,撂下饭碗就看电视。"其实李铁锤这时也遛着,不过是在相反的一处地方。旁人也知道,她那么高大、光鲜,李铁锤那么矮小、老丑,怎么能遛到一起呢?除非这女人有一颗朴实的心,把什么都看开了。朋友聚会,武爱兰也很少带上李铁锤,弄得朋友们都觉得很对不起他。以至于再有活动,发起人会加上一个附加条件:一定要带家属。为了不招致武爱兰的反感,发邀请时,均不露痕迹,具有通告性质。席间要弄酒,武爱兰总是提前就声明:"我们铁锤酒量小,你们可要照顾照顾。"这与其说是对别人的提醒,不如说是对李铁锤的警告。因为在热闹的气氛中,李铁锤总是毫无顾忌地畅饮,喝到一定时候还不能自已地流泪。"瞧,多了不是。"武爱兰虽然笑着打圆场,但眼神里藏着一把一把的小刀子,直往李铁锤的肉里剜。李铁锤心里不快,但脸上傻笑着装糊涂,"没事,没事,我的酒量大着呢。"朋友们心照不宣地为李铁锤解围,"爱兰,你可别扫我们的兴,我们还都想喝点。"他们都觉得,李铁锤心中有块垒,必须让他发泄发泄。如此这般,只要有李铁锤参加的时候,男人们准都会喝多了。李铁锤喝多了之后,武爱兰会以很体贴的样子,把他搀回去,但一进了家门,会把他重重地扔到床上,即便呕吐,即便口渴，她概不理睬。第二天早起，武爱兰像什么都没发生一样，一句埋怨和训斥的话都没有。这反倒让李铁锤感到难为情了，"爱兰，我昨晚是不是喝多了？"武爱兰摇摇头，不明不暗地笑笑，"男人嘛，就得喝痛快了。"李铁锤觉得有些饿，踅到厨房里。竟找不到一点吃的。他摇摇头，到了街头小摊，要了六根油条和两碗馄饨。蝇子飞来飞去，一落在碗边上，赶都赶不走。平常，武爱兰不喜欢他到这种地方吃早点，说不卫生。但是，他吃得很香，还感到那蝇子很好看，都长着大大的双眼皮。吃妥帖之后，他抽着烟在那里发呆，一个心思突然就冒出来：武爱兰哪像自己的媳妇？虽然她跟你不吵不闹，但心里冷。

黄瓜秧下的草锄完了，李铁锤开始给西红柿的根须培土。只有不停地做下去，他的清爽感觉才能维持下去。小童不知什么时候蹿到他的身边，两只蓝眼睛卖乖似的看着他，一副体恤男主人的样子。他朝它吐了吐舌头——连他自己都不知道，为什么会做出这么亲热的表情。他一直是厌恶它的，因为它的出现，使自己在武爱兰那里更没有地位了。

小区里的宠物突然就多了起来。小区旁边的街市上，居然出现了几家专门卖宠物食品的粮店和宠物医院。人们在给自己买蔬菜、买熟食的时候，还要掐斤掐两、讨价还价，一为宠物买东西，眼都不眨一下，出手大方得莫名其妙。让人感到，时尚这个东西，真是一种神秘的力量。

在没有任何先兆的情况下，武爱兰把小童领进了家门。

自从小童成了家庭成员之后，像是没有他李铁锤这个人似的，她把全部爱心和精力都给了它。她虽然懒得下厨房为人烹饪，但调制狗食却不厌其精。为了检验狗食的口味,她甚至常常亲口品尝。无论是上街、打麻将还是遛弯,她与小童形影不离。狗刚离开她一会儿,她就会大呼小叫,"小童!小童!"急迫的表情,像自己的孩子走失了一样。狗身上的温度稍高了一点,她就匆匆忙忙地抱它上医院去,又是打针,又是输液,尽心极了。在街上散步,坐下来休息的时候,她怕蚊蝇叮咬小童,她会不停地给它扇扇子,耐心极了。刘美英见状,跟她开玩笑说:"你对小童,比对我铁锤大哥都好。"武爱兰随口答道:"那是,小童给了我做女人的感觉,可李铁锤能给我什么?"刘美英还想说什么,看到武爱兰的眼神里有一种不友善的东西,便随口打着哈哈,走了。望着刘美英比她年轻的背影,武爱兰果然嘟囔了一句,"哼,一只母狗!"

每到临睡前,武爱兰会给狗洗澡、梳头,还要轻轻地喷上香水。怕小童感冒,她还要用电吹风把它的毛慢慢吹干。最让李铁锤不能忍受的是,她让狗睡了原来自己的位置,把它搂在怀里,用她的大胸脯蹴弄它,"小童,吃奶"。狗起初还躲闪,后来竟真的去吮她的乳头,人和狗亲热成一团。

李铁锤感到很肉麻,对人怨,对狗更恨。

小童见李铁锤向自己吐舌头,以为男主人喜欢它,居然毫不防备地上前舔他的手。那种湿漉漉、暖融融的感觉,让他既感动,又烦。他犹豫了一下,轻轻地把它拨到一边。狗蹲在那里,一副迷惘的表情。

他继续用短锄培他的土,以为狗会知趣地离开了。

狗恰恰是不知趣的动物,它又不声不响地前来献殷勤——依旧舔他的手。他的工作受到妨碍,只好停下来。小童是那么无知,那么可爱,他的心都要动了。就在这时,他听到武爱兰懒洋洋的一声哈欠。这个声音虽然很微弱,但他听得很真切,他的心情立刻就变坏了。如果自己接受了狗的问候,就等于认同了武爱兰对自己的态度。他本能地扬起短锄,给了狗一下子。

狗呜哝了一声,瘫坐在那里。一股鲜血,竟汩汩地溢出来,染着毛发之后,就变黑了。他愣了:明明是象征性的一击,怎么就这么严重了?

更严重的是,小童并不叫,也不逃走,只是待在原地不停地颤抖。如果它叫出声来,武爱兰必然要登场;如果它逃走,他也决不会穷追不舍——那样,事情的结局就不一样了。

狗哀怜的眼神刺疼了他,让他看到了自己的卑鄙。决定救助它。但翻开狗的绒毛,发现那道伤痕很深,他无法给武爱兰一个合理的解释。他进入了一个两难境地。正无措间,他眼前出现了刘美英的影子。刘美英曾经既同情又讥讽地对他说过:"李铁锤,你是怎么混的,怎么连狗都不敢惹了?"他知道,怕伤了他的面子,刘美英是用了一个委婉的说法。李铁锤当时装出一副不以为然的样子,"嘿嘿,不就是一条狗吗?"刘美英说:"倒也是。"从这以后,他发现,刘美英对小童的态度,比他还厌恶。你刘美英是谁?真是莫名其妙。也正因为此,他更觉得无地自容。

想到了刘美英,李铁锤获得了一股义无反顾的力量,他抡起了短锄,沉沉地砍了下去。而且不行动则已,一旦下手了,就化成了密集的动作。怨就怨武爱兰吧。他心中有一个悲伤的声音。

最后,狗缩成一团,不动了。

李铁锤顺手挖了一个坑,把它埋了。

他坐在地上抽烟，像劳动之后，必然要休息一样。

武爱兰探出头来，"你见到小童了吗？"

"它不是一直跟你在一起吗？"回答得竟如此顺理成章、自然而然，连他自己都暗暗吃惊。

接下来的故事，自然是一点悬念都没有。武爱兰东找西寻，南呼北唤，久不见小童的踪影，整个魂儿就丢了。自言自语，哭哭笑笑，不吃不喝，嘴角起了燎泡，坐在沙发上，一晚上发呆。连续几天，一到了夜里她就发烧，她紧紧地抱着李铁锤，嘴里不停地嘟囔着，"我冷，我冷。"李铁锤很想顺势回以关心的抚摸，但伸出去的手，总是在接近目标的时候，不由自主地缩了回来。

小童不在了，俩人之间亲密相处的障碍消除了，但他依旧找不到爱对方、让对方爱的那份安妥。他觉得与武爱兰之间的心理隔膜反而更大了，而且拉大这段距离的不是对方，而是自己。

在武爱兰病态的拥抱中，他大气都不敢出一口，一动不动地躺着。

"还是离婚吧。"居然冒出了这样的念头。

这个念头一冒出来，他心里抽了一下，紧张得一点睡意都没有了。他开始不停地检索他的家庭生活，发现自己从一开始就没弄明白什么是爱情。

想到他与武爱兰几十年来朝夕相处，从来没有吵过架，从来没有红过脸，一团美满，满庭和睦，竟至让邻居朋友人人羡慕，甚至人人嫉妒，不禁泪流满面。"操他妈的！"他向空中默默地骂了一句。

接下来,他便被无边的死寂淹没了。

在自我的迷失中,他听到了小童的骨殖,在地下腐烂时,发出的咝咝的声音。

碑

许 辉

罗永才被第一声鸡叫叫醒。他知道时间还早，春天的鸡都叫得早。翻身靠起来，他看见了手腕上的表——春夜总是半昏半明的，窗外总有些微散光——才凌晨两点半钟。他感觉自己醒得那么彻底，几乎一点睡意都没有了，索性穿了上衣，在半昏半暗里点了根烟吸着。就在这时，外面的世界里像是有了点扰动，好在春夜总是这样的，春夜里总是有一些惊动，惊乍乍的，有一些梦呓的声音，其实完全不成一回事的。但罗永才还是下了床，开门出去看看，听听。

也就在去年，季候比现在略早一些，自然界也已走在春气里了，张立光跟林秀芳夫妻来看他，张立光讲："永才，快到清明了，你不是想洗一块碑吗？要洗就上山王洗去，俺听讲那里的石头好，又有个叫王麻子的匠人，手艺好，就是价钱贵一些。"罗永才讲：

"贵不贵也就是那么回事了。"临走,林秀芳掏出二百元钱给他,罗永才不要,林秀芳讲:"这又不是你一个人的事。"讲着,眼泪就要下来了。罗永才接了钱。他第二天就请了假,去了山王。

山王在青谷镇东北的山脚下边。再往右手走,走不到三十里地,就是高滩。罗永才早上出门,先坐车到青谷镇——这也就二十来华里——再搭小三轮,走四五里地就到山王了。但真正的山王那个村,是在山脚下边,离了公路,还得步行一两里地,才得到。

那会儿春气已盛,艳阳高照。人在这时候,满眼望出去,都觉舒坦。罗永才在公路边下了三轮,往山王村步行而去。这一带是平原上突兀耸立起来的一片小山头,但毕竟是山,因此下了公路,脚下的碎石山土便多了起来,愈走愈多,山的气氛也渐浓了,地势也有点往高里去了,路两边的一些大树,都叫不出名字来,但那些树恐怕是适合在山土里生、山地里长的,都拔地而起,枝干粗壮,有一种强悍奔放的气势,各自踞守一方。

罗永才左右看着,一路往山村那里去。

山村也有些稀零,左三间右五室的,前后散乱,都趴在山脚下边。那些房子大都是些砖瓦房,墙基一律拿石头垒的,山上有的是石头,院墙埂界也都由片石蜿蜒而上,甚有特色。快入庄的时候,罗永才望见路畔有个中年人,四十来岁,正蜷了腿,坐在路边打石头,便近前去问:"这位师傅,你可知道王麻子家住在哪里?"那个中年人停了手里的家伙,开口道:"王麻子今儿个不在家。""上哪里去了?""上青谷他表姨家送喜碑去了。""什么时候才能回来?""既是送喜碑,那还不得傍晚回来?"罗永才一愣,一时没有话讲。那中年汉子望望他,起手打了两锤,又止了锤,道:"这位同志是买碑来的呗?"罗永才讲:"想洗一块碑,不知他这里价钱咋样。"那汉子道:"王麻子他是挣个名气钱,他那石头倒也真好,手艺,倒也真好,他也是挣个名气钱。"罗永才讲:"他名气钱值多少?""值多少?你觉得他值多少,他就值多少,上这块来洗碑的,都是讲个心情,不讲究钱多钱少的,多了,是个心情,少了,也是个心情,这个就讲不准了。"罗永才听他讲得在理,又不知回他什么话好,半晌才讲:"那是的。"又讲:"那也得有个价钱。""有,两米的,八九百块;半米的,两三百块。"罗永才点点头,问明了王麻子的住处,就往庄里去了。

王麻子的家靠在庄头边上,房子也不是什么很好的房子,倒有点显得破破烂烂的,一个破院框子,里头乱放着各种大小石料。那时庄里没有什么人影,想再找个人打听打听也找不到。罗永才兀自进了那个破院框子,见那正房的两扇门紧锁着,锁也是老式铜锁了,将军牌的,铜面叫手磨得光滑,打门缝往里头瞅瞅,那房大概是个没开窗户的,里头半星光亮都没有。罗永才退到一块石料上,点了根烟吸,心想:今儿个白跑一趟了。却也不觉着损失什么。吸着烟,呆眼望那破院框子外头的野坡杂树,心间真是各样感觉都没有,只觉着春阳渐暖,寒气消散,万物都在顶撞、爬升。坐了一气,便起身回蒿沟县城了。

第二日罗永才又来,到山王时已经是上午十点多钟了。春阳更暖,鸟雀啾啾,身上的呢子衣都得解开扣子了。快进庄时,罗永才又遇见那个中年汉子,望见罗永才,他一眼就认出来,搭腔道:"王麻子今儿个在家,你去呗。"罗永才莫名其妙地谢了他一声,想讲一句闲话,一时却找不出合适的话题来,便摸出一根烟给他,辞了他往庄里进。

　　进了庄，往庄头走，老远就听见"当当"的，是不急不慢的打石头声，脚下也就到了，见王麻子家破院框子里，盘腿坐了一个人，五十来岁，浑身精瘦，半脸麻子坑，两个烂桃眼，头上戴一顶又破又脏的蓝布帽，帽檐都折了，上身只穿了件蓝布的单小褂，下身却捆着个灰黑的大棉裤，裤腰间绑了一盘黑布带子，相貌打扮都很是不起眼。那人坐在院里洗碑，碑形已经看出来了，下方上圆，他洗的时候，左手是錾子，右手是锤，也不急，也不躁，也不热，也不冷，也不快，也不慢，一锤一锤，如泣如诉，叫罗永才看得呆了，立在墙外进不去，心里只是有一种感觉：春阳日暖，万象更新，雀鸟苏醒、飞翔、游戏、鸣叫、盘绕，像是一刻都止不住，人在此时此刻能想些什么，该想些什么，各人都是不一样的，各人也都是只按着自个的路子走的，惟这破院里的这一个麻脸匠人，像是不知，也像是不觉，木呆呆地坐在亘古的石头旁边，一锤一錾，洗了几十年，也还是不急不躁，不去赶那些过场，凑那些热闹，真叫人觉得不容易！

　　罗永才呆望了一时，才醒过来，抬腿进了院子，口里道："请问王师傅是住这里呗？"

　　那个麻脸的匠人，听见了人语，怕也是习惯了，手并不停，脸却抬起来了，口里道："你找俺呗？"罗永才递了一根烟过去，半蹲下，低着腔说："想麻烦王师傅，给洗块碑。"麻脸的匠人道："洗块什么样的？""洗块大点的，好料的。""洗多大的？好到什么样的？""王师傅这儿有什么样的？"

　　讲着时，罗永才已经把火摁着了，送到那个匠人跟前，那麻脸匠人住了手,点上火吸了一口,说:"有两米的,一米半的,一米的,半米的,不知你要什么样的。"罗永才说:"要两米的。是什么样的料子?""是青白石的,第一好的。""是哪里的青白石?""是北山的青白石。西汉那个淮南王刘安,也是选的这样料子。""两米的,青白石的料子,那得多少钱?""得九百块钱。""什么时候能成?""打今儿个算起,十日以后你来拉。""咋样拉?""你自个带车拉也行,你从青谷包个三轮来拉也行,随你。""可有个什么手续?""俺留个字条给你,你给俺二百块钱押钱。"罗永才说:"行。"打口袋里掏了二百块钱给那个匠人,麻脸匠人接了,也不装起来,也不披起来,只往地上一放,随手拾块碎石压住,又打单褂的兜里,掏出个纸片递给罗永才,那纸片上什么也没有,只有一个红指头印子。

罗永才收住了。麻脸匠人低了头,吸着烟,头也不抬地问:"那你要写什么字?"罗永才略一沉吟,其实早是想好的,只是再在心里重想一遍,说:"我写给你。"随即从口袋里掏出纸和笔,一笔一画写道:

爱妻林雅芳
　　　　　之墓
爱女罗文文

夫
　　罗永才敬奠
父

写完了,仔细又看一遍,才抬手递给麻脸匠人,匠人接了,也一字一顿看了一遍,然后折叠成一个小块,装进兜里,讲:"十日后你来拉呗。"讲完,就不再理罗永才,低下头,又一锤一锤,洗手下的那块石碑去了。

第三回罗永才去山王,还不够十天,才五六天,他不放心,就又去了一回。

那又是个好天,响响晴。快进庄子时,又见了那个中年人,坐在路边打石头,望见罗永才,又认出来了,点头招呼道:"来啦?""来啦。"罗永才敬了他一根烟,两人抽着,那中年汉子讲:"前两回你来,都匆匆的,咋不上山望望哩?"罗永才讲:"望什么?""望奶奶庙,虽讲现时庙都散了,倒也能去望望,烧一根两根香,点一片两片纸,心里头多少就好受些。"罗永才望望他,点点头,辞了他,又进了庄。

进了庄往庄头去,老远就听见了打石的声音,知道那是王麻子打的石头响,一直往他家里去,进了院子,果然又见那王麻子坐在石料边,一手握錾子,一手握锤,木了样的,一锤一锤洗那碑石。

罗永才望见他那个态度,心里霎时平静了,半丝涟漪都没有,呆望着,渐也就望得木了,望见一个人,也望不清是什么人,望不清脸面是个什么样的一个人,但心里明白,知道那是个什么人,那个人跟他一块上高滩左近他老家去,去给他娘烧几片纸、几个钱、几个金元宝,纸钱、金元宝都是在蒿沟县城汽车站附近买的:他等在车站里,那个人跑上外头买的,买回来了,装在包里,把包拉开了给他看。那纸钱都穿成了串的,一律的银白色,那些纸元宝,也都是穿成了串的,都一律的金黄色,他望见了,略点了点头,两人便上了车,两人坐在一排里,车就开了,直开出了蒿沟县城,往乡里开去，开到了高滩镇，两人下了车，也不往集里去，径自去了野地里，在河边找到娘的坟，那坟上草芽都望见芽头了，春气盛时保管又是青青芘芘的了，那个人从包里拿了纸钱、元宝出来，又取了几张草纸出来，两人点了火便把那一年里用的钱财都烧给坟里的人了，火烧着时，他跪下磕了几个头，头碰在去年干枯的草叶上时，硬硬的，扎人，那人却不磕头，只去拾掇那火，叫那火不要灭，又不要烧得太旺、太快，诸事都完了，那火慢慢便糊了，慢慢地冒着烟，两人便呆坐着望着那烟，望野地里的野景，一地的野景，都叫坟头下的那缕烟，弄得活泛了，弄成心间的一些活气，年年日日也不灭、不干、不尽……

……一眨眼罗永才又回来了，仍望见那王麻子坐成一团修行，左手握錾，右手掌锤，那锤是方锤，一锤一锤，打成一种节奏。罗永才进了院，麻脸匠人望见罗永才进来，也不惊，也不乍，手里也不停，只是口里讲："时候还没到哩。"罗永才笑笑，笑得很浅，嘴里讲："心里头放不下，顺道就来看看。"麻脸匠人说："误不了。"又讲："来找俺的，都是那样个心绪，不如你就上山上转转，上庙框子里烧几片纸，点两根烟，心绪就好受了。"罗永才讲："那是。"低头看碑，已洗出了个大概，青白厚实，幽深远澈，便敬了麻脸匠人一根烟，闲坐半刻，起身往山上的奶奶庙去了。

那山也正在春时里，半山的松树，半山的草坡，半山的闲石。近村处多长了些桃、杏、杨、柳之类，愈往上松便愈多了，坡却不很陡，是缓坡，一坡的春阳，暖融融，温意无尽。村里人家的院子，有长有短，都是拿碎石、片石垒成的，随意延展，到了坡上，便你断我断他断，都先后断尽了。罗永才起始跟着石墙走，走一时那些石墙都到头了。却隐约见一条上山的道，在枯草坡上、石水沟里蛇来鼠去，一直往上头山头上去了。山坡上也没有什么人，像是连半个人都没有，只剩下春阳、暖意、松树、枯草散落各处，叫人心定。

渐上了面前的山包，举目一看，那山包后头还是一个山包，也不很远，也不很大。罗永才望见了，这会儿有些微喘——到底是上着山的——便一屁股坐在枯草地上，点一根烟抽。屁股底下的山包顶，倒也不大，两间正房般大小，却陷着两个小坑，小坑里挤着碎石，叫人疑是老早的火山坑，是火山喷发时形成的，后来火山死了，年长日久，火山坑又被碎石尘屑给填住了，现今只剩下两个陷处，叫人去想。罗永才坐了一根烟的时候，爬起来，往上又走。一下一上，慢慢又上了第二个山包。举目望时，前头却又有个山包，更高一些，那山包的坡上坡下，松树愈加浓厚稠密，松影里隐约能见一段半截发白的墙壁，想必那就是奶奶庙了，说远不远，说近也不很近，就又坐下来，点了一根烟，再歇息一时。

歇息处也是枯草坡，这时才留意了，身下身左的枯草里，都已冒着绿青青的芽子了，那些芽子望去甚有张力，生命的趣味浓厚，又鲜活不尽。罗永才望得痴了，心间暗想，这都叫咋讲哩！坐了一时，一身的感念，起身再往前走。再往前走时，路眼大了点，却走在松林里了，山也有些陡，树影也浓郁得多了，人走在近树的地方，多少就感觉到一些凉气。罗永才忽而觉得有些小怯，立住了四面看看，听听，这里的山似乎深多了，早望不见山王村有人的地方了，更听不见半点人声，就想：一个人上去做什么？正想时，看见上边树影里一晃，定神细看，是一个挑担的，也看不见什么模样，从山上的陡路上下来了。罗永才便解开呢子褂的扣子，站在路边，候那人下来。

那个挑担的真就下来了。

来得较近了才看清是个五十来岁的山民，也是瘦精精的，挑着两大捆紫红色的短针山草，山草捆上还搭了两件破旧衣物，一把竹柄的竹耙子。离得更近了，两方都望见了，便都打招呼道："上来啦？""耙草来？"

打过招呼，那个挑草的人，也是个想讲话的，就立住了脚，跟罗永才讲话，那两捆草担在他的肩膀上，两肩换换，却不肯放在地上。罗永才讲："请问你，这上头就是奶奶庙呗？""正是。""庙还有呗？""庙早都毁啦，原先修理过一回，后首又毁啦，只剩下些破庙框子。""庙毁了，人也就不来了呗？""赶三月十五，逢庙会，也是一山的人，平时就没有什么人来了。""你这山草都是打这山上搂的呗？""这山净啦。都是打后山搂的。""那可得跑不近的路，看你身体倒好。""不如往年啦，要是叫你看，你看俺有多少岁数？"罗永才仔细看了看他，看他年岁不像太大，便猜测道："五十多岁，六十不到。""俺今年七十七啦。俺们现时也就老两口一块过，地种不动啦，你看俺这一担草有多少斤？""有五十斤吧？""有七八十斤！""七八十斤，又得走几架山头，叫我连半里路也走不动！""那你是没干惯。俺现时就靠这个换几个油盐钱，俺家里的瞎啦，任啥都望不见啦，任啥都不能做啦，明年俺那地便得撂荒啦。"

讲着话，那老年人也不放下担子，只把担子在两肩上换来换去，来回调换,他果然是个肯讲话的,愈是讲,愈是不肯离开,问罗永才:"你单身一个人上山,也不怕哟?"罗永才讲:"怕什么""前两天这林子里,还吊死过一个人来。""是男的还是女的?""是个男的,二十二岁。""咋吊死的?""他老婆犯了肺病,治不好了,他说俺不如死在你头里,便上这山上来吊死了。""你老一个人上山,咋也不怕?""那有啥怕的?他死了还能再活啦?"闲讲一气,两人分了手,一个往山上去,一个往山下去了。罗永才这时的心情反倒平静了,没有半丝怕意,一口气上了山顶。

原来山顶的庙真是早毁了,只剩下一片墙框子,罗永才一一踏看了,见那些碎石下有压着纸条的,就走过去看,那些纸条都是临时写的,上头写道:

失意人张志忠
我最喜欢陶娟,我恨不能把她搂在怀里十天十夜!
奶奶显灵,叫我娶到她吧!!!

却还有一处冒着烟的,是几根香正燃着,四面却看不见人,想必是来烧香求神的,已经下山了。罗永才对着那几根香,默然地站了一会儿,又点火烧了几片纸,候那些纸烧尽,才起步往山下去。到了山下,又感觉到春阳的暖意了,身上也轻松多了,心里想:人到底是人,怎么也离不开有人的地方。他没有再从麻脸匠人的家里过,直接就下山去了公路边。几天以后,罗永才带了款子,从青谷叫了一辆三轮,进山把石碑驮走了。原先他想从县城找个熟人带辆车来的,想想还是罢了,找人还得招待,又怕乱传出去影响不好,不如打青谷包个三轮,又省事,又方便。

叫三轮的时候那年轻人讲:"老板,包车来回一趟,得五十块钱,这都是老价钱,不哄你!"罗永才讲:"五十就五十,我再加给你十块,你带把锹,帮我把碑栽了。"那年轻人讲:"没二话!"于是,就在清明前两天,罗永才把青白石碑在妻女的坟前栽了。

春夜里的一点扰动很快就消失了。春夜里倒真也没有什么大惊小怪的事情。只邻近的人家还有明着灯光的,那只是一盏半盏,是偶尔亮起的。很远的地方传来汽车的发动声和人声,不知道那是干什么的。也许是早起的。但时间确又太早了点。附近哪里的鸡叫过一阵子,又都不叫了,只是还睡不安稳,不时有拍翅、挪动的声音传开。

春夜就是春夜,春夜总会起一些小骚动、小摩擦、小动乱的。罗永才在院里站了一会儿,看着天上的星星。天气真好,很晴朗,空气却很有凉意。罗永才在院里站了一会儿,看见星星变成一些裙子飞走了,他才转过身,慢慢回到屋里去。

写于1996年春、夏,合肥明光路2号楼602室

过 年

葛红兵

一

早起,荷叶看见门沿口的冰凌蒙蒙地上了一层霜,一根根冰凌在门口垂成了珍珠帘,她莫名地用舌头舔舔,那冰凌像是有生命似的,立即霜就化了,露出晶莹的冰来,透明着。冰凌一尺长了,去年入冬后就没消过。天还冷着呢!她逡眼四下里看,雪皑皑地铺着,很厚,哪里是路,哪里是田,哪里是沟,都分不清。外人这个时候进村,保不准是要掉进沟里去的。

风在雪上面静悄悄地立着,不细细地看,几乎看不见它的身影。不过,它的气息却是在的,它凉凉的,穿着白雪的衣襟,有些挠鼻!又是润的,已经不那么凛冽,提一提被它挠了的鼻子,你就能嗅出里面花苞式的鹅黄来。

这鹅黄是哪里来的呢？荷叶的眼光被院子里那棵老梅树抓住了，一夜之间，昨天还静默着的老梅树竟然开得满树满枝。那梅树太老了，老到谁也记不得它的年纪，荷叶不记得它，荷叶的爹不记得它，荷叶的爹的爹也不记得它，它似乎比穆家的这座院子还要早就在那里了，它老到对世界失去了兴趣，有的年份它似乎忘记了季节，错过了开花的时候，错过了也就错过了，它就索性不开花了，有两年，它就一直那样睡着，让人忘记了它的存在，可是它终究是醒了，一个晚上，就足够它醒来了，它让雪地上突然间有了活物，有了生气，它的香是白色的，干净得若有若无，它的瓣也是白的，白得利落，利落得像是浮在雪的冷上面，只要用手一碰，它就会掉出这个世界去。

荷叶走近去，直到看清了梅花上的经络，也看清了花瓣上带雪的香气，心里豁然敞开了什么似的，一些喜悦的念头、一些开怀的想法，让她颤动。

好兆头，她在心里说。

院门外的雪是全白的，还没有什么人走动，只是隐隐的上面撒了不少爆竹的红屑，抬眼呢？是各家红色的对联，都透着节庆的喜气。荷叶也是喜欢红色的，二子他爹在的时候，每年三十，带回的年货里总会有一大坛花雕酒、一大捆二踢脚，花雕酒的盖头是用红布裹的，其他的年货也是用红纸包着的，挑年货的箩筐上也倒贴着大红的"福"字，远远的二子他爹挑着担子，身影也是红色的了。这个时候二子他爹是高兴的，荷叶也是高兴的。

今儿是年初五，迎财神的日子，天还不亮，沙地人那边就响起了炮仗的声音，二踢脚的嘣啪声从东头响到西头，从地上响到天上。炮仗的声音闹人，她在暗里睁着眼睛，睡不着了，摸着胸前圆滚滚的两只奶，想到二子他爹，唉了一声，这死鬼真是没福气，竟然丢下了她跑了，跑得没个影子，死活不知。

要是二子他爹在，也是要摸黑起来放头响炮的，点上信子，二子他爹喊声"响"，她便捂住耳朵往被子里躲，接着是热辣辣的两声爆。男人到底是男人，喜欢热辣的闹响。她是不敢，不敢听，更是不敢放。二子还没有的时候，二子爹放完头响炮，就又钻回被窝里来，握着她的奶，拱在她胸口，热辣辣的：财神爷今年准到我家。她便问：你怎么知道？他回：你的肚子里会有小赵公明。

二子他爹是从沙地来的上门女婿，每年按沙地人的风俗年初五放二踢脚迎财神。沙地人是从江南迁徙过来的，他们不恋土，不恋家，男人都走四方，赚四方的钱，单把女人和老小留在家里厮守，赚四方钱的人重财神呢！也或许是他们来江北的时候，江北的土地已经没有过去那么宽裕，不像对待观山村人那么厚那么温，观山村人是从北方迁徙来的，到底是什么时候呢？观山村里，除了吴秀才也没有人能说得清楚，不过那一定是比沙地人早，要不观山村的地怎么就比沙地人的地厚实温暖呢？要不观山村的地怎么就那么养庄稼？沙地人迁来肯定是晚的，沙地人只是占了一些江边和海边的盐碱地、沙积地。

荷叶是江北人，土生土长在观山村，并不晓得什么财神。江北人的礼数，腊月二十四送灶神、三十祭祖，年初一到土地祠上香、给长辈拜年都是要紧的事体，江北人的世界观里，没有财神的概念，最重要的是家祖，是灶神，是土地，敬了灶神和土地，风调雨顺，五谷丰登，能吃饱，就满足了，所以，江北人有了灶神和土地神，就不要财神的保佑了。荷叶是女人，女人总还是要从男人的，虽说二子他爹是从沙地来的倒插门女婿，名分上是低的，二子跟着荷叶姓，并不跟他爹姓，年三十祭祖，也只祭荷叶这边的。不过荷叶许多方面还是随二子他爹。

二子他爹在家的时候，团圆饭的格式也改了。江北人吃干团圆，年三十由家里的女人们和好米粉，搓出雪白的圆子来，每个圆子都有尖尖的顶，阔阔的基，尖顶上还要点上红点，放在筛子里，看起来像一片满腾腾的米仓。初一早早起来，先烧赤豆饭，饭熟了一半，收水了，再把团圆放在饭上蒸，等到饭和团圆都熟了，盛起来，碗底是赤豆饭，碗上是四个团圆，第一碗供给灶王爷，然后才是大家吃的，吃之前要"留仓"，从饭碗里拨出一些饭和团圆来，放进饭桌中间的大碗，表示年年有结余。年初一的菜也是有讲究的，是一律的豆腐，豆腐谐音"福"，图个好口彩。二子他爹尊沙地人的风俗，不吃干团圆，只要荷叶做水汤团，年三十晚米粉和好，搓成一个个圆圆的汤团，初一早晨用水煮开，用红糖蘸着吃，不用菜。

荷叶是喜欢沙地人的风俗的，沙地人日常是简单的，不像江北人那么讲究礼数，但是，观山村是江北人的天下，大多是看不起沙地人的，觉得沙地人不懂规矩。

二

这时候，二子也醒了。

春燕一边拢了二子的棉衣、棉裤，靠着炭盆烤，一边问："穆汉珉，你是穿了再吃，还是吃了再穿呢？"春燕每天侍弄二子起床，都要这样问的。

以前二子会好好考虑一下，看看外面的曙色，听听外面的风响，然后再选定一个答案，现在呢？他想也不用想就说："当然是穿了再吃。"二子已经9岁，是大人了，他要像大人一样穿了起来，规规矩矩地吃早饭。

穆汉珉是二子的官名，春燕是二子的什么人呢？二子说不清，荷叶也说不清，春燕自己当然也说不清的。姐姐？媳妇儿？都对，都不对。当初荷叶同意接春燕过来养，是想要个女儿呢！荷叶自从生了二子之后，虽然二子他爹还是照样在她身上忙乎，可是她的肚子就是没有响动，二子孤单得很，荷叶也孤单，一个家里有两个男人，只有一个女人总是不对称的。春燕父亲郭炳南病重，几年下不了地家业垮了，没钱治病不说，女儿也养不起了，荷叶就把春燕接了来做二子的姐姐。春燕是什么时候成了二子的媳妇儿呢？二子记不得了，在二子的记忆里春燕一直就是姐姐，但是村里人却一定说是媳妇儿，姐姐和媳妇儿有什么区别呢？二子搞不清楚，他问荷叶，荷叶说：姐姐将来要嫁到别人家伺候别人去，媳妇会一直留在家里伺候二子，二子要春燕做媳妇还是做姐姐呢？二子想了又想，觉得还是舍不得春燕，他喜欢春燕就这样一直呆在家里，一直和他在一起。他认认真真地对荷叶说：那就做媳妇儿。他又去对春燕说：你以后就做我媳妇儿。春燕低下头，用眼睛瞪他，不说话。他就想，春燕是不是不大愿意。

春燕从来不叫"二子"的乳名，她只叫二子的"官名"，在她的脑海里,"二子"是荷叶娘的儿子,"穆汉珉"才是春燕的"弟弟"。

春燕张开烤得暖烘烘的棉衣,二子伸出手往衣袖里套,嘴里嘻咯咯地叫"好暖和""好暖和",这个时候,春燕心里就高兴了,像暖烘烘的棉衣。春燕13岁了,13岁的女孩心已经细了,已经懂得疼男人。

疼男人的女人才是好女人,这是荷叶经常放在嘴边的话。

站在门口的荷叶听见屋里二子的响动,心里也高兴了,穆家的女人们似乎总是爱惜男人的,她们有丰沛的感情,而这种感情总是会转换成献身男人的热络。当初她娘在的时候,每天花一个时辰伺候爹烫脚,爹烫得快活了,闭上眼睛斜斜躺在太师椅上,像是睡着了,娘就把爹背到床上去。娘说,男人舒服了,才会高兴;男人高兴了,女人才会舒服。男人的舒服怎么转换成高兴,男人的高兴又怎么转换成女人的舒服?她不完全懂,却牢牢记在心里。后来,她有了丈夫,渐渐地就明白了娘的话,娘是不错的,二子他爹高兴了,她才舒服,要让男人高兴也很简单,就是让他舒服。

以前,爹在的时候,下地看长活做事,背着手在地里转圈,东看西看,然后就在日头底下坐了喝茶、抽烟,爹是讲究东家的礼数的,爹只让长活做工,自己从来不做。后来,二子他爹管地了,二子他爹是沙地人,闲不住,闲不住的二子他爹就和长活一起做事,像牛一样在地里撒欢,把土地犁得开了花,她远远地给他送饭,能听见地心里发出阵阵欢快的叫声来,晚上二子他爹照理该歇歇了,她心疼自己的男人,但是沙地人不会受用烫脚的快活,不肯歇着,二子他爹说他有使不完的力气,晚上他还要继续在她的身上犁地，他说只要是犁地他都高兴，她后来慢慢地就体会到了，二子他爹在她身上犁地是真的高兴的，二子他爹的高兴又会转换成她的快活，她会止不住地在二子他爹快活下颤抖，成为世界上最受用的女人。

春燕是外来的，照理还算不得是穆家的女人。在观山村人的意识里，没有生养过的媳妇永远是外人，更别说一个领养的女孩了。可是春燕懂得疼男人，荷叶看在眼里，觉得春燕有穆家女人的样子。春燕也灵性。二子的官名，是吴秀才起的，吴秀才是读书人，他说：人活着最重要的是礼数，懂礼数的人是人中的君子，就像石头得了天地的造化就成为美玉一样。所以，他给了一个"珉"字，"珉"是美玉的意思，二子在穆家的族谱上排行"汉"字辈，连起来，就是"穆汉珉"。荷叶是喜欢这个名字的，觉得它雅气，有味道，尽管到底是什么味道，她也说不清，但是，二子他爹却不以为然，二子他爹不识字，从小长在沙地，不重江北人的"雅"，他说：得给小子起个贱一点的名，不然小鬼会惦记，小鬼惦记头生子，会招了他抬轿子去，小鬼怎么判断谁谁是头生子呢？他会听人叫那个头生子的名字，然后也学着叫，要是那个孩子应答，就没命了，头生子难养，就是这个道理，沙地人喜欢给头生子取个假的排行名，让小鬼听不出来。

那天荷叶生了，二子他爹也正好从地里回来了，他瞅瞅躺在荷叶身边的孩子，脸上并没有特别高兴也没有特别不高兴的神色，他只是说：乳名就叫二子吧。荷叶从他脸上什么也看不出来，就有点拿不稳，心里晃悠，她又用心看二子他爹的眼，直到看见了二子他爹眼神深处的欢喜，那里有真正的被遮掩了的欢喜在跳，她心里也欢喜了,而且骄傲了,她问:那你欢喜吧?二子他爹说:他是小赵公明呢!二子他爹的声音非常轻,轻到好像怕惊动了什么似的。

那年,地里的收成果然特别好,二子他爹说:那是二子带来的福分。

不过,荷叶其实是喜欢别人叫二子"穆汉珉"的,怎么听都觉得这个名字雅致,"穆",先噘嘴,"汉",后收唇,"珉",自然地就抿上了嘴巴,"穆汉珉",这个名字发声的过程,就是超凡脱俗的,里面有让她骄傲的东西,只要默念一遍这个名字,那些柴米油盐的事儿就停了,那些俗不可耐的声音就止了,她就觉得好像飞到了天上。但是,她自己不能叫这个名字,她只能叫"二子",这是做娘的对二子的礼数,在观山村,谁都得尊崇这个礼数。

所以,她喜欢春燕叫二子"穆汉珉","穆汉珉",这里有春燕作为一个女人的妇道呢!春燕还小,但是她已经懂得什么是妇道。女人自古就得拜着、宠着男人,这是女人的礼数,只有阴依附着阳,崇拜着阳,这个世界才正,否则就歪了,女人要是把男人看得比自己尊贵,那这个女人就正了。就像狼山上的松树,背着风长只能长歪,向着风长就正了一样。当然,荷叶也知道,春燕这丫头,心眼细,她是在笼络二子呢?还是真的宠二子呢?荷叶也拿捏不住。

吃完早饭,二子和春燕出门。屠苏也跟着他们出门,屠苏是二子养的狗,为什么叫屠苏呢?那个时候,二子刚刚开始读"三(字经)""百(家诗)""千(字文)",并不识多少字,却对字有盲目崇拜。观山村人,都是崇拜字的,他们都知道,从嘴巴里说出来的话，会被风吹走，但是，写在纸上的字儿却是铁板钉钉，就有了永恒的味道，字里面那些偏僻的、平常说话用不到的则近乎神圣，让人景仰，里面蕴藏着只有读书人才能解得开说得清的道理。荷叶对"穆汉珉"三个字的喜欢来自这种意识，二子也不例外。刚刚开蒙差不多读完了《三字经》的二子绞尽脑汁，要给他的小狗取个名，这让他费了大心思，最后他从王安石的《元日》里选了"屠苏"两个字。

"爆竹声中一岁除，春风送暖入屠苏。千门万户曈曈日，总把新桃换旧符。"

二子喜欢这首诗，他能在这首诗里找到观山村的日常，找到自己的记忆，但是，他又是挑剔的，他在文字里要找的不仅仅是日常，他还要观山村的生活里没有的东西。这首诗，他反复掂量，最喜欢"屠苏"二字，刚刚好，超离了他小小的经验世界，又没有离开他的理解范围。荷叶和春燕都很崇敬这个名字，对于他们来说，从王安石那样的大诗人的"诗"里来的就很好，二子说，"屠苏"是一种酒，是一种能避邪的酒。二子解释了，可荷叶和春燕并不能把这来自古代诗歌的深奥发音和任何一种有形的酒联系起来，这个名字很神。

屠苏是怎么从小崽养成了庞然大物的呢？开初二子能把屠苏一把抱在怀里，后来，二子三四岁的时候，力气还没见长，屠苏的力气却大到能拖着二子跑了，二子四五岁的时候，个儿还没拔高呢，屠苏已经高到二子的头顶上了，但是二子八岁了又终于比屠苏高出一头。荷叶说，他们是赛着长的兄弟，不过屠苏对二子是忠诚不二的，这种忠诚和二子的身高无关，甚至和二子对它的好坏无关，对于屠苏来说，二子是主人，只要是它的主人，这个名分就足够让它忠诚到底了，屠苏是重主仆名分的。

　　二子当然对它好，无论到哪儿都带着它，以前是他保护屠苏，不让别的小孩碰它、逗它，屠苏小的时候傻，尽让人逗，后来是屠苏保护二子，只要屠苏跟着二子，别的小孩就要让着二子几分。

　　对屠苏最嫉妒的是春燕，春燕照顾二子，但是，二子却把春燕的好回报到屠苏身上了，春燕舍不得自己吃的东西，中午送到私塾给二子吃，二子分一半给屠苏，春燕气得一双杏眼直瞪屠苏。其实春燕对屠苏也好着呢，屠苏是二子的心头肉春燕哪里会怠慢呢？几乎都是春燕在喂食呢，可是这屠苏尽管吃喝都赖春燕，完了还是只认二子一个。春燕和二子打闹，春燕拿剪刀假意戳二子的屁股，二子有腔有调地叫疼，屠苏便对着她龇牙，嗓子里还呼噜噜地发出含混不清的声音。开始春燕没在意，继续和二子闹，直到屠苏靠近了她，对她"哇"了一声，春燕才看清了，屠苏肩头的毛耸了起来，眼睛正瞪着她呢！屠苏护二子。

三

　　村外的路认得他们，在厚厚的积雪下面，跟着他们两个，一步也不差。不会让他们踩到沟里，也不会让他们被什么绊着。雪盖着地，严丝合缝，看不见庄稼，也看不见沟渠，可是，哪里是麦子，哪里是韭菜，哪里是歇冬的稻茬，甚至哪里有块石头，哪里又有一根树桩，他们都一清二楚。他们不用花什么心思，他们和地上的一切，植物也好，生灵也好，都是知根知底的。

那些树也认得他们，晨光洒在树梢上，一些射穿了上面的积雪和冰凌，从树枝的间隙漏下来，一些则被积雪和冰凌反射回去。那些反射了晨曦的枝桠闪闪发亮，在微微的冷中显得非常精神。大地上，除了这些树，就什么也没有了，这是冬藏的季节，那些小生灵都隐藏起来了，要么在暖和的地洞里冬眠，要么在人们看不见的地方蛰伏。不过，仔细地观察，地上还是有踪迹的，有的时候是稍远处一溜小小的足印，有的时候是雪线下一个细细的气空。

二子和春燕一路走过来，地上留下两行歪歪扭扭的足印，上面又有一行小的足印绕着穿来穿去，那是屠苏的足印。屠苏很兴奋，在二子和春燕的边上撒欢，把二子和春燕的足印弄乱了。

二子和春燕要去看吴先生。吴先生是谁呢？他是村里最有学问的人，是二子的老师。他不住村里，住在村南的紫琅山下。

观山村南共有紫琅山、马鞍山、黄泥山、剑山、军山等五山，其中紫琅山最高，最有气势，马鞍山最秀，探身入江。二子喜欢山水，平日放学，如果时间尚早，就会央求春燕和他一起登山，在半山腰里的望江亭坐着，二子看着远处的帆影一坐就会坐到日头落了江，小鸟归了林。

春燕陪着二子，把笔墨纸砚铺在石桌上，看二子凝神，有的时候觉得这个学上得很累，读书是很耗神的，有的时候又觉得二子望着远处发呆，不全是为吴先生布置的功课，好像二子有很多其他的心思似的。这个时候，春燕就自卑起来，她不识字，不知道二子心里想什么。

紫琅山南麓疏缓开阔，北麓则陡峭幽静，吴先生的语梅楼就在北麓，靠着海月岩和寒玉泉，门前对着一片松林，海月岩是一块孤兀的巨石，有三四丈高，仿佛天外飞来，向着东北的方向斜站着，也不知它到底这样站了多久，它头顶上的松树已经很老了，老到它的身体随着风的形状弯了下来，一点也不像年轻的松树，总是高高地昂着头。石下是清石溪，这溪流发端于右侧的寒玉泉，寒玉泉很有些特别，它并不是单独的一个泉眼，而是沿着清石溪，大概一百步的样子，大大小小数不清的小泉眼，泉眼长年冒着细细的水泡，冬天的泉水是温热的，夏天的泉水是清凉的。但是山脚并没有梅花，为什么叫语梅楼呢？二子还没有完全弄清楚。不过，吴先生喜欢梅花，二子却是知道的。吴先生书堂壁上挂着一副对联，上联是"杯浮梅蕊"，下联是"诗凝雪花"。

　　吴先生说好今天在家，二子是吴先生最喜欢的学生，每年是单独来拜年的，一般学生吴先生不留饭，二子来，吴先生要单独留饭。进门的时候，二子看见吴先生大门上的对联：茶鼓喧晴炀箫吹暖；花魂梦蝶树影藏莺。横批是"岁岁新岁"。先生一手颜体，风骨高正，写成对联贴在门上，感觉喜气中有凛然的高洁。

　　进到门里，二子给孔圣先师像、祖宗牌位各行三叩首礼，又给先生也行了礼，春燕把荷叶娘准备的各式拜年礼从篮子里一一拿出，看到里面有荷叶娘手绣的暖手炉布套，心里不禁咯噔一下。荷叶娘去年霜降之后就开始绣一只手炉布套，但是，冬至天冷了家里开始用暖手炉，荷叶娘绣着的那只布套却没见拿出来用，春燕有一次给二子填暖手炉，还问过荷叶娘那只暖手炉套子的事情，荷叶娘没搭理春燕，原来不是给二子绣的，是给吴先生的呢。

　　二子想着先生门前的对联，问道："先生，岁岁新岁，那旧岁去了哪里？新岁又从何而来？"

吴先生略略思忖道："新岁来自旧岁，又没入旧岁，旧岁出于新岁，又还于新岁，新旧交替循环，谓之无穷，万物更生往复，谓之无限，无穷乃是天地的大义，无限正是宇宙的精髓。"

二子道："岁时如同太阳，落下去又能升起来；人却像花草，秋落尘泥来春便不能重生。生灵常老常衰，天地却常青常盛，岂不是生灵可怜而天地无情吗？"

吴先生知道二子究问起学问道理来是不到穷途不回头的，便摸摸二子的头说："万物法天地而更生往复无限，生灵居天得地却侵夺万物，不以天地为法，故不能持久，此生灵之可悲也。"

"先生常教我们以人伦道理，难道这人伦道理却不合天地之法吗？"

"人伦致于功利也止于功利：行'孝'让你的父母老有所养，行'义'让你的朋友情有所托，尽'忠'令国安家泰，'格物致知'令物有所用，这些是你行人伦的'功'；你来自你的父母，受恩惠于你的朋友，得庇于你的国家，依托外物而生存，这些是你行人伦的'利'；人伦止于事功，故而有限。但是，天地悠游于伦常之外，飘忽于万物之上，故能不守伦常而生无限。"

"那么天地所遵守的法又是什么呢？"二子迫切地想知道天地的道理。

"当我们究问到天地的道理，我们就进入学问的高境界了，所谓学问的高低，也就在此。常人只是究问到人的道理，而天地的道理却丝毫也没有触及，何谓天地的道理？一个字：仁。天地以雨水滋润万物而不论万物的功利，以阳光普照生灵而不论生灵的善恶，何也？守'仁'而已，天地恒常于'仁'，固然能超然万物和生灵之上。万物依'仁'施惠于生灵却不能恒常于仁，故要更生往复不能静止；生灵逆'仁'而行以占有为乐，饱足为安，故要生生灭灭不能恒常。"

"吴先生，你试试，看看这个，合适吗？"春燕不喜欢听他们谈什么学问，她把暖手炉套子套在吴先生的暖手炉上，端给吴先生看。

吴先生接过手炉，仔细端详着上面的刺绣，三朵荷花、一大片荷叶，构成了花团锦簇的喜气："春燕，你的针线是越来越好了！看男要看写字，看女要看女红。"说着，他又转向汉珉，"看这针法，汉珉有福气啊。"

春燕脸红了说："不全是我绣的呢！荷花是荷叶娘亲手绣的。"春燕在家的时候，喜欢汉珉把她当媳妇儿，哪怕是使唤她，她也是高兴的，不过，在外人面前，却是害羞的，竭力遮掩的。

吃了便饭，饭还有一阵子，春燕说，不如我们去马鞍山看雪吧，那里梅花也全开了哪！

三人出了门，一路往山上走，屠苏在前面引路，二子随着吴先生，春燕又随着二子。台阶上有雪积着，吴先生走得很仔细，路过骆宾王墓，吴先生停下脚来，不禁慨叹，骆是"初唐四杰"之一的著名诗人，曾随扬州刺史徐敬业起兵反对武则天，兵败后流亡通州，最后就安息在紫琅山下。一会儿到了紫琅山南坡的万松岭，这里有望江亭，南面江水浩浩荡荡地流过，极目之处是江南的福山虞山，隐隐约约地藏在水中，隐约可见，西面马鞍山西坡的默林春晓是一座具有江南园林风味的建筑群。院内曲径连接7

个亭阁，依山势起伏联成一体，造型别致，花木满园，早春时节，暗香浮动，乃赏梅佳处。

　　三个人一路走去，不觉也没在那暗香中了。

　　远远地，就听吴先生吟道：山上梅花山下魂。二子接口到：江北寒风江南冷……

甘师傅

恽建新

这个县很偏僻。这座中学在县的南部边缘，就更偏僻。

学校设在离公社（那时公社还未改乡）集镇一箭之遥的小山上。山叫石磨山，其实不是山，只是一座黄黄的土丘，形状也不像石磨，何以冠了石磨的名字，当地群众也说不清楚。

山丘顶上很平缓，修整之后便清出了一块平地。平地分割成四块，恰如一个田字，每个空格中各盖一座平房，六间一座，很是整齐。学校没有围墙，也便没有大门，自然也没有旁门和后门。早晨，学生们带着清新的气息从四野里涌进学校，傍晚从学校雀跃着漫向四野，很是方便。

中学是初级中学，收初一、初二、初三各一个班，虽然小，却要接纳周围四个公社的学生。本公社的学生走读，早出晚归，要在学校吃一顿饭；外公社的学生路远，不得当日来去，便在学校寄宿,当然一天三顿也要在学校里吃。

于是,学校里便得有厨房,有厨房当然得有厨师傅,厨师傅便是甘师傅了。

甘师傅全称甘福成。他还有个帮手,是个女的。许多学生直到毕业还不知道她的名字。大家都唤她甘师母,因为她是甘师傅的老婆。而她也很悦意人们这么叫,一声之后,一定会回报你一个笑,很好看。

农村学校的学生吃饭,远不如城里学生那么潇洒。他们来校时都得背一个鼓鼓的米袋。寄宿生带得多,便一头铺盖、书包,一头米袋,用一根短短的小扁担——自制,且被汗浸得油光锃亮——颤悠悠地挑进校来,去总务处过罢秤,倒进一只釉光灿烂的大缸,然后交上搭伙费,有时是摸出两个鸡蛋,便可在总务会计手里领过一沓饭票。菜票一般是买不到的,他们大都带有一罐酱、一瓶咸菜或辣糊。他们饭吃得很多,一般稀饭吃半斤,干饭吃壹斤,多的壹斤半甚至两斤。不须用菜,蘸上一点酱,或挑一碗辣糊,把饭染得红红的,吃得鼻子冒汗,发上腾腾蒸出热气。却一个个长得极壮,小牛犊似的,浑圆的四肢和躯干使人想起海中那矫健的海豚。

每天三次,甘师傅要到总务处秤出适量的米,到厨房烧煮。他是不记账目的,只要到月底交出等量饭票,就没事了。

一日三餐,自然都是甘师傅夫妻俩烧煮。每天早晨四点,甘师母还在酣睡,甘师傅就爬出了热烘烘的被窝。涮锅、下米、加水,然后点炉灶。他烧的是砻糠灶,将一束稻草点燃,塞进灶口,火便一下子被对面的拔风烟囱吸住,灌进炉膛。随后,一大簸箕砻糠,往灶口的斜道上一倾,糠便瀑布般泻上红烬,再用一根小木棍轻轻撩拨,火焰便熊熊蹿出,卷进锅底,缭绕舔舐,铺开一整块红色。不一刻,锅中冒出丝丝白气,渐渐有小气泡泛出,小气泡越来越密,越来越大,猛地,訇然一声,锅中心一朵大蘑菇耸出液面,如趵突泉涌,水、米也急速旋转浮沉起来。此刻,甘师傅便熄火了,盖严锅盖,让其焐闷。

这是一手绝妙的手艺,炉灶也是绝妙的创造。而值得大书一笔的是,这灶是甘师傅自己打的,当地瓦匠打不起来。即依样画葫芦砌出,也不发火。个中秘密,甘师傅从不授人。几个瓦工曾递烟套他的话头,他烟接过抽了,却微笑不答。

集镇几家单位的砻糠灶都是请甘师傅打的。

稀饭在锅里闷着,甘师傅就挑着水桶出去了。山脚下的大塘边上,他修了一座很好的码头。站在那不足一尺宽的石跳上,扁担往右一沉,挽一桶水,往左一沉,又挽一桶水,腰肢一拧,坚韧地挺起来。腿不颤,身不摇,水不溢,脚不潮,来回十五趟,厨房里的两只大缸满了,门口的一只大缸满了,全校师生一天的洗、漱、饮、用便全够了。这时候,他才悠悠地到厨房隔壁的"家"里,轻轻呼唤:"喂,起来啦!"竟也不喊名字。

于是,里面便有慵懒的对答传出:"天亮啦?"照例,甘师傅是不答的,操起一柄铁锤走出,去敲击那段挂在教师办公室前走廊上的角铁。

"叮——叮叮——叮——叮叮——"

满山上洒满了清脆悦耳的金属鸣声。

校园里的一天,平凡宁静地开始了。

甘师傅的一天却是极忙的。他的劳作时间远远超过了八小时。早饭后他要去镇上买菜，回来后把菜交甘师母拣着，他便得给领导、老师、学生们烧开水，接着就烧中饭了。中午过后，偷着小小的间隙，打个盹，很快又烧晚饭。只有晚饭后这一段是他的空余时间。这时候，他的一家都亮相了，团团围坐在一张小桌子边。他盘腿坐在一张溜滑的竹榻上，泡一缸茶，嘴上叼一根烟。桌上一只熊猫牌四管收音机，里面正放出慷慨激昂的样板戏来。他神往地听着，模样极像神殿中那尊笑容永驻的弥陀佛。他是极喜欢听京戏的。往往这时候，你还会听到他哼出几句样板戏中的唱腔：

　　山里人讲话说了算，
　　一片真心可对天，
　　擒龙跟你下大海，
　　打虎跟你上高山，
　　……

细听，还是道地的黑头，中气很足，很有股雄迈的劲头。而他的儿子、女儿却头也不抬地做作业。甘师母则照例坐在一边补衣服，或纳一只极大的鞋垫。间或，她也抬起头，瞥一眼沉浸在戏中的"李勇奇"，眼中便漾出脉脉温情来。

学校里有几个外地教师，本地教师课务一完，一般便回家了。这一些家不在这里的教师无处可去，便会来此闲坐。甘师傅、甘师母看到他们，立时齐齐站起，让座，递烟，甘师傅还会推过那只酽酽泡满的大茶缸。教师们看一眼那积满茶垢的缸子，茶一般就不喝了。他们坐在这融融的一家中间，看着笑弥陀似的甘师傅，看着甘师母虽到中年，却完满健壮的身体，便觉出生活的缺憾来。在那温馨气氛的包围中，竟会痴痴坐到星斗烂然、夜露披身。

对这些衣冠楚楚、斯文儒雅的外地教师，甘师傅、甘师母很觉得他们可怜。礼拜天、节假日，夫妻俩便邀他们一起改善生活。甘师傅、甘师母是很会改善生活的。最经常的是为他们包上一餐饺子，或者为他们烧一锅"清蒸狮子头"。据甘师傅说，那清蒸狮子头的手艺是从一位扬州大师傅手上学来的。多少年之后，这些外地教师想起那碧绿肥厚的菜叶上，托一坨粉嘟嘟的大肉圆，口腔里还会分泌过量的口水。调出那里后，他们觉得再没有吃过那么鲜美的狮子头。但是，给他们印象最深的还是吃羊肉。入冬以后，羊极肥了。当地的羊极便宜。早几天，甘师傅就打听好了。到星期六晚上，便有周近的农民牵进一只羊来。甘师傅连夜宰杀、开剥，第二天中午，一大锅喷香酥烂的羊肉就着嫩脆的芫荽便尽你享用了。吃羊肉是不需要出钱的，白吃。后来甘师傅才讲出秘密，原来羊的羊皮、羊油、羊骨、刮净的羊肠都可以拿去供销社卖钱，卖的钱付清羊价后，还能落两块肥皂。但那刮羊肠是很费功夫，且需技术的，收入、支出的差额便在那份精细的功夫和技术上。但甘师傅说，这还不算稀奇。他们一家人过年，年下从食品站购回几大篮骨头（春节杀猪的多，那时还没涨价），光骨头上的残肉（其实那恰恰是最好的肉）便能剔下好几斤。而熬出的一大钵子骨油——味道极好又富营养——可以吃过三春去。而这骨头也几乎是不需花钱的，残骨卖出，差几就抵了骨价去。生活中的收支计划算到如此精确的程度，使那些整天耽于 ABC 算式的教师们也叹为观止了。

外地教师和甘师傅一家关系极好。多少年之后,他们还能回忆起那段生活的温暖来,但也常常会升起一股内疚和自责。他们曾经做过一件对不起甘师傅的事,或者说,他们曾经精心地、真诚地戏耍过他们夫妻俩。

事情极简单——为的开水。

那时,学校里除了用茶桶供应学生开水外,办公室的开水却是由甘师傅用水瓶专送的。后来学校里成立了教育革命委员会。那委员会中的头儿极革命,常常住在学校,还有一位因家眷在集镇上工作,家也搬到了学校。于是,甘师傅又多了一份分内的工作,为办公室送水不算,每天,那几位头儿们的开水,那几位家眷涮屁股的"用水"也便由甘师傅包了。

而外地教师的生活是清苦的,每人一只自备水瓶,傍晚冲满,一晚上的饮用便全指着它了。而他们宿舍旁边便是寄宿生宿舍,学生们晚自习后,想喝水,办公室前的茶桶早干了,只好向这些教师来讨。教师自然不好拒绝学生们这种小小的需求,三倒两倒,眨眼便空了。于是,这一晚,教师们便受罪了,偏偏还有两位有洁癖。睡前非用水洗脚不行,只好打冷水来洗,冬天夜寒,那滋味儿是可以想见的了。他们想到头儿那里水瓶林立——的确想到了林立一词——心里便忿忿且酸酸,又看到每天傍晚,甘师傅一脸虔诚地挑着担子将公用水瓶一瓶瓶递进头儿的大门,就迁怒起这一向和他们关系很好的甘师傅来:"操他的,甘师傅竟也是这种人,狗眼看人低!"一腔火燃起,便不顾一切,蠢蠢欲动了。情急智生,很快来了办法。入夜,晚自习下课铃打过,学生们又来讨开水了。这些教师说:"你们先去厨房讨讨看,讨不到,再来倒。"学生应声去了,雀跃着奔到厨房,擂起甘师傅家的窗户:"甘师傅,有没有开水拉?"风寒夜冷,甘师傅第二天要早起,早进了梦乡,此刻惊醒,立时大吼:"没有!什么时候啦,还有开水?"一拨学生碰钉子回来,倒开水走了。第二拨又来,教师们依然说:"你们去厨房讨,讨不到,再来!"第二哨人马兴抖抖拔营去了,窗子里甘师傅的声音更响,火气更大:"小赤佬,这时候哪来开水?滚!"第三拨、第四拨……甘师傅气得在床上发抖,这一边在宿舍里笑得发抖。一天、两天……一个星期以后,甘师傅圆脸盘小了一壳。星期六校务会上,从不参加会议的甘师傅赶来了,进口就骂:"你们这些教师、班主任也不管管,熄灯铃都打过了,学生还到厨房来要开水,不让人睡觉啦?"校革委会主任一听,说:"是啊,班主任是要管管,我们要爱护工人阶级的身体,关心他的生活。"一位外地教师憋住要冲出口的笑,说:"我们既要关心工人阶级,也要爱护革命小将,他们是革命的下一代,是革命的接班人,他们要喝开水也是革命的要求。身体是革命的本钱啦!"另一位紧接着附和:"是啊,革命小将晚上要喝开水,厨房里工人阶级要睡觉,这是一对矛盾。我看这样吧,能不能事先送几瓶到我们宿舍,学生们要喝,可由我们代劳。"革委会主任听着点头:"嗯,有道理。甘师傅,你看呢?"甘师傅一听,恍然大悟,摸摸头说:"嘿,怎么早没想到这办法呢?不过,这要麻烦你们了。"

从此,外地教师也开始有丰富的开水,还落了甘师傅的千恩万谢。

这事情确实办的有点不地道,但并没影响他们和甘师傅的关系，因为不久，甘师傅就被公社群众专政组抓起来了。

全校愕然。

甘师傅是工人阶级，向以苦大仇深出名，多次学校里的忆苦思甜会都由他主讲。他讲日本鬼子轰炸县城，炸死几千人，尸首都没人收；讲他从小当学徒，受老板的欺压；讲他要饭时，人家唤狗咬他，还出示过腿上的伤疤。常讲得全校师生热泪盈眶，齐声高呼："不忘阶级苦，牢记血泪仇！"怎么一夜之间成了阶级敌人呢？

事情很快弄清楚了。甘师傅曾对几个爱听他唱戏的学生吹牛："这样板戏能叫戏了？梅兰芳的《宇宙锋》、马连良的《借东风》、李多奎的《钓金龟》、裘盛戎的《盗御马》，那才是道地的京戏哩！"学生不相信："这些人听都没听说过，别瞎说了。哪里听去？"甘师傅听得急了："嘻你们不信？我唱几句你们听听：'将酒筵摆至在聚义厅上，我偕同众贤弟叙一叙衷肠，窦尔墩在绿林谁不尊仰，河间府为寨主除暴安良……'收音机里那边天天播，我天天听，神仙过的日子哩！"

就这样，那几个学生告发了。那时候，学生的阶级觉悟是很高的。

据说审讯过程很简单。公社群众专政组以为抓到了一条大鱼，满心欢喜，审问时兴致极高。

"你为什么收听敌台？"

"我想听听戏。"

"有没有听别的东西？"

"没有。"

"你不老实!"

"我老实,我一贯老实。我只想听听戏,听听京戏。我一生就爱京戏。我没功夫听那阴阳怪气的声音。"

"坦白从宽,抗拒从严!"

"真的,我坦白,不说假话。我天天要烧早饭,每天四点钟就要起来……"

默然。

问不下去,三天后放了出来。

甘师傅成了反革命,甘师母成了反革命家属,他们的子女成了狗崽子。自然,食堂成了黑食堂;也自然,黑食堂的罪行被一桩桩地揭发出来。譬如:烧饭后的锅巴怎么处理了?斩肉圆披下的肉皮怎么没看见?他夫妻俩工资不高,一家子怎么还过得笑嘻嘻的?结论是:他们是革命师生的吸血鬼。一张张大字报,触目惊心地贴满了厨房的山墙。

几个外地教师沉默着。只有他们明白,甘师傅一家是怎么过过来的。至于锅巴、肉皮什么的,一家食堂要计算到锅膛底的炉灰上去,恐怕是没法子办的。

从此,厨房门口没有了他一家的身影。一到晚上,厨房和他的"家"里就漆黑一片,鸦雀无声。那只收音机,出事第二天就被甘师母甩进了大塘,溅出了几点水花。

食堂虽黑,还得要办,甘师傅当了反革命,饭还要烧,革命师生不能空着肚子闹革命。每星期六下午,你可以在通集镇粮管所的路上看到他:两只足有人高的大箩筐,装满了砻糠,小山一样压在一条长长的桑木扁担上。他赤着膊,皮肤经汗珠一浇,棕黑中泛着油光。他的背有些驼，两肩上各有一馒头状隆起。腿不粗，但结实，有些外凸，成微微的罗圈。他明显地瘦了，嘴唇变厚，仄仄的额头下，眼睛也大了许多，但失了神采，再不像以前那样活泼泼地视人。他挑着，默默地挑着——多年来，全校的砻糠都是他这么一担担挑回来的。

这期间，那位主任的开水不要他送了。反革命是会下毒的，他的警惕性极高。几位外地教师的开水他依然送着，一天不落，一瓶不少。送来时，到门口就静静地止了步，眼睛闪烁游移，瞳仁里分明浮得有字：听候发落。外地教师们神经发颤，赶忙让他进屋。他轻轻地进门，小心翼翼地把水瓶挨墙根一瓶瓶摆好，又轻轻地退出门去。外地教师们不忍心看，把头别了。

让他送开水，他们已不安然；此刻若不让他送，恐怕将更不安然。

甘师傅终于调走了。头头在会上说："食堂是要害部门，为了革命师生的生命安全，要让可靠的人占领革命阵地。"

不久，调来了个新师傅：复员军人，政治绝对可靠。规定他参加校革委会领导班子占领上层建筑。

食堂安全了。但再没有了扬州狮子头。自然，白吃羊肉作了温暖的梦境。开水不用说，更不敢要。他们识趣。

砻糠灶也很快拆了。新师傅说，那东西棍子一捣，糠直往下漏，姓甘的反革命真会害人。于是改了煤灶，煤由学生们到供销社去抬挑——革命的下一代，从小应当经受革命锻炼。

新师傅一天两顿酒，食堂里摆出的菜，除萝卜条，还有菜梗炒肉丝，颜色可爱，满盆清绿，不见一点杂色。他是本地人，星期六要回家养儿育女,接续后代。星期天,应当让这些"臭老九"们自我改造:自炊。不然,他们岂不要修了——他在校革委会上激情满怀地提议。

外地教师一个个打了请调报告。

几十次的活动、努力以后,他们一个个走了。

时间一晃,过了十几年。一个偶然的机会,他们在一次阅卷会上相遇了。一阵寒暄过后,竟不约而同提到了甘师傅。

"甘师傅怎么样了?"

"听说后来到县城一家工厂烧饭了,人家待他不错。"

"最近他和甘师母都退休了。儿子已大学毕业;两个女儿,一个当了工人,一个当了营业员,都结了婚了。"

"那事平反了吗?"

"这还用说。"

"唉,那送开水,真对不起他。恐怕他现在还蒙在鼓里呢。"

"嘻!那时年纪轻,竟会干出这种荒唐事来!"

"哈哈哈哈……"

他们喝了酒。第一杯,他们高高举起,齐声说:

"祝甘师傅长寿!"

是的,他们记得很清楚:甘师傅那年四十八岁,今年该过了花甲了。

馋 痨

王树兴

我以前的厂长现在的毛总找我,一见面就把温暖的柔软的手伸过来。我手脏,骑人力三轮车过来时车链条拉下了,搞得油腻腻黑乎乎的,他瞄了一眼,但没在乎。这一下子就让我对他的怨气消了一大半,俗话说得好,只有永远的利益,没有永远的敌人。他在让人捎信给我时说过,有好事找我聊一聊。

"陈秉章要回来了你知道吗?"毛总问我。

我说我知道,其实我不知道。陈秉章回来怎么会告诉我呢,我又不是他什么人。这话我倒是没说出口,也幸亏没说出来。

"我就知道他会告诉你的。"毛总自信得好笑,我等他接下来说什么。他居然说是让我回造纸厂上班。

我说:"毛总你拿我开心,皮我啊?"皮是耍弄的意思。他说没有,我仍然不相信。"厂里的地皮被你们都卖给温州开发商砌商品房,我们都下岗了,哪还有什么厂呀?"

"错!"毛总拿出厚厚一沓子资料,说厂里准备在经济开发区征一百亩地上10万吨包装纸生产线项目,市政府都有批文下来了。

我一下子兴奋起来,那一刻我才知道,我还是很想回厂里上班的。

毛总瞄了一眼我的饭碗——那辆刷着绿漆的人力三轮车说:"生意不好做吧?风吹日晒的,载个人在城里转一圈才赚两块钱。"

我说也不错,是下岗工人再就业。他说:"我还是想你们都回到厂里来,做光杆司令有什么意思?"

我想想也是,做几个人的厂长确实没有什么意思。接着他把安排我的工作说了一下,让我回厂里到保卫科当副科长。我吓了一跳,回到家我老婆也吓了一跳。她不相信我的局气一下子变好了,要不是看到我从厂里开回来的保卫科的偏三轮摩托车停放在家门口,怎么说她也不会相信的。

家里人都为我高兴,我老妈妈买了小螃蟹回来掏了做蟹粉狮子头,菜还在锅里时我就夹了根垫底的白菜帮子,浸了油的汁水鲜得我直咂嘴。

女儿给我盛饭,招呼我:"王科长,吃饭了。"夜里和老婆那个时她还想着我当科长的事,说这是突击提干,心里总有点不太踏实。

王副科长上班后根本没事干,头天就被几个其他部门的科长拉着打纸牌斗地主,毛总看到大家这样也不管,还跑过来看了一会儿，给每人发了一根烟。我了解了一下，厂里现在一无设备二无厂房，是个空架子，一帮行管人员租了几间办公室在吃厂里卖土地的钱。现在，吃厂子的人又加上了我一个。

不知过了几天毛总端了个茶杯到我办公室，问我陈秉章什么时候回来。我不假思索就说是春天。毛总问为什么要到春天，我说春天桃花灼灼。他问桃花灼灼又怎么了？我说有桃花鵊吃，桃花鵊馋死他了。

毛总点点头，说我和陈秉章毕竟是好朋友，对他了解。他关照我不要对别人说与陈秉章的关系，干脆就说不认识，省了麻烦。我当然要答应，工厂里讲究政令畅通的。

晚上回家我对老婆说毛总关心陈秉章什么时候回来，老婆智商一直比我高，她的反应就是快。她让我一定要搞清楚陈秉章回来的时间，我历来是言听计从的，马上就在家翻陈秉章留给我的电话。翻了半天找到了，我把它记在一本汪曾祺的小说书上。老婆让我打给他，我有点舍不得长话费，考虑明天买张IP卡回来再打。老婆不同意，逼着我立即打。我打了半天都没打通，老婆教我打外地手机要加0，我说这还不知道？再打仍不通，把电话号码数数，只有10位，少记了一位。老婆给我出主意，加上一位数字从0到9挨个拨，我也有聪明的时候，想陈秉章现在是个老板，尾数可能是个8字，一拨还真就是他。

电话里的京片子问："您哪位？"我大着嗓子喊："馋痨！我小喜子。"那边笑起来，口音马上变成了高沙话："你个逼养的怎么舍得花钱打电话给我？"我说不要废话啰唆的，告我什么时候家来。他想了想说："春上，回来头天告你。"怕我不相信还加上了"一定"两个字。我想不出再说什么,也不想就挂了电话。倒是他问了我几句家里的情况,临了是他要挂的,他说:"不聊了,见面说,电话再打下去又花掉一个买蒲包肉的钱。"说这话时我分明听见他咽了下口水。

搁了电话我睡不着觉,老婆问我为什么叫陈秉章馋痨,我说他馋得很。老婆说他现在有钱了,听说是亿万富翁了,恐怕不馋了。我说他的馋病肯定是到死都好不了的。我听出老婆对他有钱还是很羡慕的,就忍不住贬他一句,馋人品行一般都不好。老婆偏要我证明不是胡说八道,我就给她讲了我和馋痨上学时的事。

那时班上有个叫董鹏程的同学为了做表现,在放学后做好人好事,擦黑板、扫地,把地上的废纸捡到纸篓里,有时还把墙上屋顶也打扫一遍。第二天上课时老师进教室眼睛一亮,会问:"谁能告诉我哪位同学做了好事?"教室里鸦雀无声。等不了一会儿陈秉章就举手了:"报告老师,是董鹏程做的。"老师通常便就表扬一下董鹏程。陈秉章每次放学都是跟我一道走的,按理说并没有看见董鹏程做好事。我知道陈秉章被董鹏程收买了,他根据馋痨对老师报告的精彩程度奖励给他云片糕。优秀10片,良好5片,一般3片,差0片。

陈秉章放学回家和我并不是一条道,每次与我同行是为了路过高沙饭店。中午的时候炒菜的香味从饭店窜出来往人的脸上扑,他会站在饭店的门口挪不开步子,下劲地嗅鼻子:"这多好闻的味道。"他能分辨出是炒肉丝、炒肥肠还是烧杂烩的味道。我会在他咽口水时重复我一百遍的建议:长大你就做个厨子,顿顿好吃好喝。

我老婆说陈秉章没有做成厨子,出息成亿万富翁了。这也是我没想到的,我说他的出息也一定是因为馋,被馋逼出来的。

第二天我向毛总报告陈秉章明年春上回来,到时会告诉我日子。毛总果真很高兴,让财务科将拖欠我的摩托车汽油费报销了。我越发觉得听老婆的话是对了。

春上的时候,桃花灼灼的时候,我让老婆在菜场留意是不是有䴘卖了。她天天回来摇头,说没有看见。她问我馋痨为什么一定要吃这个䴘,我也在想这个问题,在我的记忆中他那时连虫子都贪吃,就是没见过他吃什么䴘。想想他还是被那个写小说出名的汪曾祺害了,老头子也馋,居然在一篇文章里写道:我再也没有吃过比䴘美味的野味了。馋痨现在有钱了,一定也附庸风雅跟名人的风了。

菜场里没有䴘,馋痨还是回来了。果真在回来前给我打了电话。我说还没有见到䴘的影子,他笑我是个"䴘老二"。䴘是个小头小脑双腿细长的水鸟,浑身没有一两肉,落魄穷窘的人在我们当地被称作"䴘老二",他告诉我䴘现在轮不到进菜场,在湖边就被饭店收购了。我被他说得不好意思,只有在心里仇恨他的阔绰,有钱果真就抖起来了。

毛总听说陈秉章回来就放了我假,他说他随市长在北京招商引资时陈董事长招待过他们,让我找机会陪回乡的陈董事长好好玩玩,有用于吃喝的开支拿厂里来全部报销,还让我到财务室先借支些钱,我问他借多少,他让我看着办。我要走的时候他又关照我,报销只限于小吃喝。

馋痨一回来就被市政府安排在食宿档次最高的金海岸大酒店住下，他给我打电话时我听到他周围乱糟糟的敬酒声。他让我晚上去陪他叙叙。一会儿又打电话给我，说他安排不了时间了，招商局的常局长要请他去K歌。

我老婆见我口口声声馋痨馋痨的，警告我：说得顺溜了当馋痨面也说出来，如若边上还有领导，看人家不与你翻脸？

我讨教了一下毛总，他说该一个字都不能省地叫陈董事长，否则便是对人家的不恭敬。我想来想去还是叫他秉章，这样也够抬举他的了，我们那时候哪叫过名字？

秉章在接下来的几天里仍是市政府的贵宾，书记市长亲自接待，四下里考察，成天洽谈，每顿胡吃海喝。起初他还兴致勃勃，后来就不行了。他话越来越少，开会时宴请时都不怎么说话，照我的说法是"三棍子打不出闷屁来"。他甚至将陪他回来的秘书先打发回京了，市长介绍的几个投资项目他一点意向也没有。毛总告诉我这些时也想不通他为什么这样，他觉得陈董事长这个人有点那个，那个是什么意思他也说不清楚。他说来招商吃了喝了拿了然后黄鹤一去无踪影的占多数，但人家都聪明，签一张什么效力也没有的投资意向书，让那些好大喜功的领导去做政绩，也就算了。不过，毛总倒也赞赏陈董事长是个实在人，不是个"大忽悠"。

我老婆向我转述来自街头巷尾的小道消息，市政府招商引资引来一个骗吃骗喝的，没投一分钱项目，倒贴了几万块钱招待费。我不问这些，我想找到他也招待一下。一是他远处回来，家里没有亲戚了，我们小时候开裆裤的朋友，尿尿和烂泥的交情；二是我有个小算盘，老婆早就想去北京旅游，我招待他，到他那里他也会招待我们。这叫"腊月的债，借得快，还得也快"。

想不到秉章打电话给我说他要消失几天。我和老婆怎么也想不到他会到乡下去，第二天他打来的电话显示是二垛镇的。他很兴奋，声音明显地柔和了许多，他让我与一个人通话，是个女的。

电话那端觉察出我的诧异，主动介绍："我是俞贵芬，你的同学，小学的。还想不起来？被你们男生叫做白骨精的。"

噢，我想起来了。"那时这么叫是因为你长得太漂亮了。"

听了我的话她咯咯笑起来，还是像银铃一样声声地脆到人心里面去。我老婆在边上，我不能有什么表情，搁下电话她还是审问我脸红什么，我当然不能像杨子荣那样说是精神焕发，我只有声明她是白骨精，我不是唐僧也不是猪八戒。

我想真是饱暖思淫欲，馋痨回来吃了好的喝了好的，居然又想重温旧梦，找同桌的她了。老婆见我私下里笑，问我有什么名堂。我嘴上说没有，心里却努力地去想。

我去问其他同学，知道了俞贵芬的一些近况，她离婚了，带着上初中的小孩住在二垛镇的娘家。她原先在的饭店改制后卖给个人，她这个副经理也跟着下岗。我老婆说俞贵芬的生活要发生变化了。她的意思很明了，因为秉章的原因，她傍上了大款。

秉章从二垛回来后立即见了我。在这个他所说的"立即"以前他与俞贵芬在电影院里看了一场电影，送她到车站后他才打电话找我。

二十多年不见，再见面时我们头都直摇，感慨彼此都成了另外一个模样。他拍着我的肩膀说我长得像我老子，我不好这么说他，他老子早没了。我只有说:"你还是瘦巴精猴的样子,吃饭不长肉?"他说这是"见证沧桑"。我觉得他是有了些水平了,说话比我有一套。

他问我可不可以住我家,他还要在高沙再呆几天。他说不想住宾馆酒店,只想清静一些。

我家里住他的地方还是有的,我笑着问他俞贵芬是不是也来。他说我想哪里去了,为此他解释了半天,他说他对她与我一样,过去的好朋友,难以忘记而已。

晚上,秉章请我们一家吃饭,问我哪一家饭店好,我推荐了俞师傅饭店。俞师傅有几个特色菜,炖老鸭汤、鸭血豆腐、软兜鳝鱼、鸭汤鱼圆。特色菜都点了,他又点了几个凉菜,还为我老婆点了一道三文鱼片。我让他少点一些,说要是让岁数大的老人瞧见我们这种吃法,会骂我们"敷淘子",秉章说:"老友相聚,就'敷敷淘淘'一回。"我老婆奇怪他对家乡土话俚语了如指掌脱口而出。秉章一受表扬又来了一句:"我最大的愿望就是回高沙与小喜子好好弄一顿,在一家好饭店,把我们过去馋的,吃不上的哈哈上来。"他用筷子在桌上划字,教我"哈哈"的哈字怎么写,我还真的不知道这个字的写法。

我和秉章喝了很多的酒。他喋喋不休地说这顿饭是他到高沙后吃得最轻松的一顿。我附在他耳边,问他在二垛怎么样,他大声说:"紧张!"我笑起来,我老婆不解地望着我们。秉章岔开话题,说他的馋。说都因为家里面那时候穷。吃得不好,夏天一个劲地吃炒韭菜、冬瓜汤,冬天顿顿慈菇咸菜,没得油水,胃子里总是像吃了辣萝卜一样的嘈心剌辣。他让我老婆吃三文鱼片。

我和她都不知道是怎么个吃法，一直没敢动筷子。秉章夹了鱼片，蘸了芥末油送嘴里，我和老婆便学了他的样子，一筷子进嘴眼泪鼻涕都呛出来了。他还说好吃，说日本人就爱吃生鱼片，鬼子就是鬼，只吃海鱼，不吃淡水鱼。为什么？淡水鱼都被污染了。我说我还是喜欢吃河里的鲜鱼活虾，秉章说也是，哪怕是小鱼小虾，味道好，鲜！我一快活一声馋痨就出来了，他也不在意。

饭吃结束时秉章幽默了一下，"我们小时候吃东西，要吃到打嗝时才丢手，'少一沰，睡不着，差一口不丢手。'"我们大家都笑了。我妈妈人老了脑子不霉不沰，她说还是现在的日子好了。秉章与我老婆打招呼，要借我用几天，把高沙城上的大小饭店都吃一遭。我老婆说，还是在家里吃好，便宜、实惠又卫生。秉章说那是两回事，也不单纯是为了吃饭，算是正事。我老婆也就不再说什么。

秉章不想坐我的偏三轮摩托车出去，他说在北京这是顽主走街串巷呼朋唤党的东西，坐在里面丢人。他与我商量，能不能包一辆人力三轮车。这还不简单，我找到过去的同行，给了他们一个不错的价钱，秉章让我做主，我定价既不克扣他们，也对秉章负责。

秉章开始带着我挑那些有特点的饭店去吃，我们也不大吃大喝，问明这家饭店的特色菜，就只点这一道或者两道。开始的时候人家见我们菜点的少，味道便偏咸一点，让我们就菜吃饭，这也是替我们打算。秉章不干了，每次他都要交代："酒水菜，不能丢失风味，不要砸牌子。"有那么一两次他竟然让人家把菜再上一遍，提出或咸或淡的理由。应该说我们在饭店里是吃菜而不是吃饭或者喝酒。秉章带一瓶矿泉水,吃菜前清一下口,夹一筷子菜到嘴里,半天不会说话,我也不能与他说话,他不理睬我。剩下的菜秉章不多吃,我弄一大碗饭就着吃了。他有时会问我,味道怎么样,我也学出来了,不轻易地说好,说一些"还可以,马马虎虎,还差点什么"这一类的话。

秉章曾经说过,菜谈不上真正的好坏,因人而异,众口难调。世界上没有一道菜谁吃了都说好的。

秉章吃不饱就去北门菜场的面店去吃,所谓面店其实就是只卖面条和馄饨的小吃店。他喜欢来一碗那里的"饺面",把馄饨和面条下一道的一种小吃。我也知道这一家的地道,面条是丁老汉轧的,熬酱油的虾籽是湖西渔船的,猪大油加了葱姜熬得金黄的,没化开都香喷喷的。

秉章时常感慨,他说他在北京有两家大的饭店,怎么也做不出这般味道出来,他也曾让他们到高沙来采购原料,就是不行。他只要在饭店里吃了饭就要换厨师长或者换厨师。有个厨师长为了做好维扬菜还悄悄地到高沙来了一趟。

我问他的饭店有多大,他手一挥,说高沙的大饭店跟他的饭店比算孙子,毛孙子。我有点不相信了,我努力地回忆,陈秉章在历史上是不是一个胡吹牛皮的货色。

吃饱喝足的秉章坐到三轮车上就要换下车夫由他来踏。拗不过他的车夫只有坐到车上,由出钱的雇主出力,于是滑稽的一幕出现了,西装革履的秉章骑着三轮车满头大汗,引得大街上人人侧目。

没过几天毛总着人通知我回去上班,我打听了一下厂里有人反映我不务正业。幸亏我老婆又给我出了好主意。

我找毛总时他跟我来了招快刀斩乱麻,要我直截了当地对秉章谈对造纸厂投资的事,要是他没有意向就算了。这是在我老婆预料之中的,我来了个拖刀计,请一个月的假,如若到时陈秉章对厂里不投资就扣我的工资。毛总说:"死猫当着活猫医,就再试一试。"

我与老婆商量了一下,觉得厂里对我们不薄,还是应该劝秉章往厂里投资。我也对老婆说了我的疑虑,就怕秉章并不是什么富商。

这当儿秉章请了一次客,请的城乡规划局的一帮人。他没有让我参加,也没有告诉我为什么请他们。事后我说应该把市里的头头请一下,秉章说不请,说得不容置疑,说得斩钉截铁。

秉章的报应很快就来了。市里办"第二届国际鸭蛋节",是人是鬼都请,来了一大帮的贵宾。就是没有请秉章,这是个面子的问题,说明市政府已经不把他当人物,不把他当回事了。

秉章好像也不生气,要我也不要把这些事当回事,说没有什么了不起的事。

我花了几天的时间磨嘴费牙地说我们造纸厂的事,说厂里的项目,说新产品的宏伟前景,到最后,秉章笑我做个保卫科长也太当回事了。我拉下脸来说秉章真是饱汉不知饿汉饥,我问他知道不知道街上为什么那么多的人踏人力车,高沙市的工厂现在关得还剩几家,那些从流水线上下来的产业工人拿下岗工资怎么能够让孩子读书上大学,怎么维持生计。

秉章说:"你以为我这些日子在高沙只是吃喝玩乐?我待这

么多天也就是想究竟做些什么。我是个生意人,不能把钱往水里扔。我吃喝时耳朵竖着呢,了解着情况呢。市政府他们让我投资的项目我一个都不能搞,在高沙我只能搞房地产,弄几家饭店开开。就说你们造纸厂开下来对高沙的环保有什么好处?为了一点乡愁让我去犯错,我才不玩呢,我的脑子又没有冱起来。"

秉章要走了。临走前他向我提了一个要求,要吃一顿我妈妈包的饺子。他说我妈妈包的饺子好吃,韭菜的,细细的猪肉丁、茶干丁、开洋丁和鲜得让人直舔嘴的虾籽。

真是个馋痨。过去我们家只要吃饺子,他就来了,站在我家门口扯着嗓子叫我,我一听就赶紧端了饭碗出去,拨两个饺子给他尝尝。吃了饺子他话说得漂亮得很,说我们家饺子的香味穿墙打洞,他是隔墙有鼻子,口水掉下来把脚面都砸肿了。

我妈妈都十几二十年不做饭了,我怕她连咸淡都把握不了,让我老婆盯着点。我对她说这是我们家的政治任务,一定要包一顿空前绝后的饺子。

秉章早早地到了我们家,我妈妈把手一挥:"你们死到外面去玩,掼铜板、飘洋画、滚铁圈子去,肚子饿了再回来。"

秉章连声说好的好的。他问我现在还有没有人玩这些,我说早绝迹了,现在的伢子玩电脑,打游戏机。

我们在外面转了一圈回来饺子还没有好,我们饥肠辘辘。我老婆让我们再熬一下,老妈妈说要把我们的肚子饿瘪了再吃。

到一点多我们才吃到饭。我和秉章吃的饺子不太熟。暴食一通的秉章肚子更圆了,连声说过瘾。我则不停地打嗝。我妈妈见我们这样,那句嘴边上的老话又来了:"宁生穷命,不生穷相。"

我们都哈哈大笑。

我妈妈见秉章这样张嘴就来，她问他是不是很有钱。秉章愣了一下，笑着说："有点钱，小钱。"

我妈说："有钱就好，做些好事，人要做好事修福积德。高沙城的下岗工人多。你看小喜子因为你弄了个保卫科长做两天，你一走他不还得踏三轮车。下岗工人苦，找不到事情做。"

秉章不知说什么好，连声"是的，是的"。

秉章将俞贵芬带回了北京，还带了高沙历史上很有名的厨师王三厨子的后裔王大眼、做草炉烧饼的李十八拳头的孙子李小鲁。看架势是要到北京去开饭店了。我老婆对秉章将俞贵芬带走有点想不通，秉章不会找她做老婆这是肯定的，俞贵芬做服务员好像岁数大了点。我对俞贵芬是了解的，她那时在饭店里做服务员是烫干丝的好手，一把片刀切干丝风风火火，烫干丝滗水时的手势、身段以及眉眼让那些吃早茶的口水掉下来将脚面子都砸肿了。俞贵芬的这些能耐我是不能对我老婆说的，她这人什么都好，就是容不得我在她面前夸别的女人。

由于秉章的事没有着落，我在毛总面前自然抬不起头来，毛总玩手腕，也不撤我的职。把保卫科和办公室并了，让我这个副科长去做科员，工资也降了一些，我设了底线，低于300元我就不干了，我实在不愿意成天喝茶打牌混日子。

秉章做了件让人不可思议的事，他要收购高沙市东郊废弃的殡仪馆，很快就派了人过来，让我协助他们。这不明摆着找晦气，在一块烧过死人的地方能做什么大事？

对这块地高沙市政府还是很重视的，由于它过去特殊的历史，比邻的地段也少有人问津，弄得光秃秃一片。搬迁殡仪馆是因为市中心的东移，怎么说也不能将殡仪馆放在城区。现在有人要买，是巴不能的事。政府协调民政、国土、城建等部门，要尽快落实这件事。对这块地的用处政府是严格要求的，必须商用。秉章有他的计划，在临街的地方建房落户肯德基或者麦当劳，他说老外没有什么顾忌，在里面建一座现代化的儿童游乐场。

秉章由于买殡仪馆在高沙又成了名人，有关他的传闻各式各样，弄得是人是鬼的。那些天，他倒是天天打电话问我情况，我把好话坏话都告诉他，这是我的责任。

几乎在一夜之间，旧殡仪馆被推土机和挖掘机夷为平地。为此秉章从北京来的工作班子集中了高沙几乎所有建筑工程队的设备。我负责给工地的施工人员送矿泉水，拉了满满一卡车。

我不明白为什么殡仪馆拆平了后不砌围墙而是在四周拉横幅。横幅上尽刷着"同一支歌"。

我问北京来的路总搞什么名堂，他告诉我他们在北京请了"同一支歌"来高沙演出。

狗日的馋痨想得起来，在烧过死人的地方搞大型文艺演出，而且是请的最有名的"同一支歌"。

没几天开始搭舞台，我估摸了一下，舞台的位置在殡仪馆过去搞遗体告别和开追悼会的告别厅正中。举办单位是高沙市政府和北京豪绅房地产开发有限公司，市政府也投入了人力和物力，由一名办公室副主任协调工作，那几天我们和市政府的人一道办公。他们从园林管理处拉来了几十车的花花草草，把演出场地装扮得花团锦簇。让外地人看，怎么也不会相信这是殡仪馆和烧过死人的地方。

"同一支歌"演出时来了很多著名演员，高沙市万人空巷。秉章和市政府的领导坐在贵宾席上，陈市长好几次套着他的耳朵说话，秉章的架子摆足了，微微点头，还过分地拍了拍陈市长的肩膀。说秉章这个举动过分的是我老婆，可市长一点也不在意他的举动过分不过分，你有什么办法？

演出非常成功，中途下了一场雨都没有人愿意离开。我那天的工作是负责夜宵，分两拨，演员一拨，工作人员一拨。让他们吃的都高高兴兴。忙完了天都亮了，累得人骨头要散架。秉章当夜就走了，他给我打了电话，得意洋洋的，说有人建议他找几个和尚念经，他就不信这个，这么一场比念什么经都好。说完他哈哈大笑，告诉我市政府要搬迁了，"紧挨着咱殡仪馆这块地。"他让我在高沙宣传，从今往后叫这地方"同一支歌"。

市政府要搬迁我是听说过的，当初把位置定在老殡仪馆的边上，没有立项的原因据说是离退休老干部不答应。

秉章在高沙搞项目了，我也就不去造纸厂上班了，工作还挂着，毛总也不计较我。工资还给我发着。我在"同一支歌"项目部搞后勤，北京来的路总有什么事都先来问问我，所谓强龙斗不过地头蛇，地面上的事他听我的。秉章天天给我打电话这是人所共知的秘密，他要了解情况。

毛总跑来找我，他要随市政府的招商引资团到北京去招商，他要秉章的手机号码。我从秉章的电话里已经知道一些情况，市政府为了这次招商在北京租了一个豪华的会场，还要举行盛大的酒会。秉章说他们这是烧钱，但又不好说什么，毕竟是家乡政府的行为。

我胆大起来，对毛总说："你以为到北京租了人民大会堂就可以招商引资了？怕是竹篮打水一场空呢。"

毛总从北京招商回来立即就找到了我，他是这么说的。他说市政府这次在北京逮住大鱼了，毛总总是喜欢这么说他的收获，就像他家祖上是打鱼的一样。本来一帮人都很失望了，招商会没有预期的结果。离京前陈秉章请市委书记和市长吃饭，在他的"私房菜馆"。

"私房菜馆"在一条很深的胡同里，一个古色古香的四合院，做菜的是陈秉章从高沙带过去的厨师。饭吃的很晚，把这些人的肚子都饿瘪了。我一听就知道秉章搞名堂了，学了我老妈妈的一套。秉章的家乡菜把他请来陪客的几个浙江商人吃的大快朵颐，也并不是什么山珍海味，都是土菜。说都是大作家汪曾祺喜欢的，有大煮干丝、慈姑烧肉、咸菜烩小鱼、老鸭煲，还有鸡汤泡草炉烧饼，吃得两个浙江人都傻了。

就这么吃吃喝喝之间谈成了一桩大投资，高沙不是产鸭蛋吗？鸭子多，鸭毛也就多。他们要在高沙建一座羽绒服生产和销售基地，引进著名品牌，做一个大市场。

毛总问我知道投资有多少？我想不到，有几个亿。我把舌头整个都伸出来缩不回去。

毛总尽管没有参加那个宴会，他还是见到了秉章。他答应秉章不再要我去上班干什么保卫工作，毛总其实巴不能呢。

我从陈秉章部下路总那里领第一个月的工资时,手有些发抖,厚厚的一沓子钱,我都数不过来。我老婆不以为然,说给馋痨干几个月了才拿一个月的工资,也不谈补发的话。她说资本家没一个好的,是六亲不认的,我和俞贵芬都是馋痨的被剥削者,是被他利用的。我老婆的话一般是很有道理的,这回我当了一回耳边风。

我还是给我的老板、资本家陈秉章打电话表示了感激之情。他根本不理会我的感恩戴德的话,问我最好吃的东西怎么形容,我说:"打个嘴巴子不丢手。"

他说:"还是汪曾祺说的好,'到嘴里半天不想说话,不想张开嘴巴。'"

恋 爱

苏 北

一

　　半塔是个古镇。少说也有千年的历史,据说历史上是有一座古塔,可惜给雷劈了。我来到半塔时正是夏天,那唯一的一条古街,叫密密的法国梧桐掩蔽,显出苍老来。信用社在古街的北头。是一座二层小楼,坐西朝东。好像也是这一条街唯一的一座楼房。

　　从此,我便在这个镇的信用社里一呆就是几年,并且开始了我的初恋。

　　信用社的人员很简单。一个主任,姓胡,整天戴着一顶军帽,手背在屁眼后面,不吭声。胡主任虽不吭声,可人并没闲着,偷偷地生了四个孩子,三个丫头,小四子是儿子。小四子长得蛮好,也顽皮得很。一个农贷会计，姓沈，瞎了一只眼睛，他虽一只眼睛瞎了，可打起算盘来飞快。也生了三个孩子，长得跟他老婆一样，都是长脸，单眼皮，小眼睛。不好看。沈会计家在信用社门口开了个小店。他的那个长脸的老婆，就整日看住那小店，卖些日杂用品。还有一个信贷员，姓牟，黑黑的，满脸胡子。可是老牟整日不见他人影子，偶尔来一下，像贼似的，一会便不见了。他家在农村，我们也从来没见过他的老婆来过。这些都算是外勤人员。

内勤有一个老会计，姓潘，家也在农村，长得像地主老财，特点是瘦。还有一个女学徒小玲，是中专学校分配来的。出纳员有一个王遐，二十三四岁。她人长得很清秀，一笑满脸是酒窝。是天生的一张笑脸。另一个就是我了。

我刚来干复核，和王遐面对面，一个出纳一个复核。王遐是老出纳了，干了有两三年了，所谓复核也是出纳，我等于就跟着王遐学徒了。于是整日面对着一张满脸是酒窝的笑脸，也不错。

上个世纪八十年代这样的乡镇，单位基本上都是"家连店"。我们上班在小楼上，下班就在小楼后面的一个大院子里。我们信用社七八个职工基本上都住在院子的平房里，连带家属有二十几口人。院子里有几棵高大的法国梧桐。夏天都在院子里吃饭，小孩也在院子里洗澡，洗完光着屁股即拎到门口的竹床子上。院子地上泼的都是水。男人在屋里洗完澡穿个大裤衩摇着芭蕉扇出来，上身一身的白肉。女人仔细一点，窗帘拉得极严，外面就听到水的声音，洗的时间还长，老半天湿着头发出来了，头发将前胸后背的小汗衫弄湿，里面的小衣服似见非见。老一点的再不考究的妇女里面干脆就没有小汗衫，都是同事家属，大家也视而不见。

之后开始吃晚饭,一院子的喝粥声,每家吃得也差不多,基本上都是绿豆稀饭加馒头或饼子。吃饭时还互相乱窜打招呼开玩笑。瞎子老沈就讲荤话,主任老胡死不吭声,可脸上笑眯眯的。妇女们不予理睬,小孩子则捧着碗乱跑或在竹床子上乱跳。这样的生活,如若不斤斤计较,基本上可以算是一家人了。

我们单身的住在小楼的二楼,我、老潘、老牟和小玲。小楼从后面上,正对着院子,有时我晚饭后无聊,就站在二楼的走廊看着院子里的活动,那种居高临下的感觉,就像上帝在高处俯瞰人间,也像是在一座山头鸟瞰一座氤氲的村庄,有一种温暖的感觉。我有时正出神,王遐洗完澡从屋里出来,王遐家住大院的顶里头,正对着小楼,她是顶替她父亲工作的。她的妈妈已经去世。她父亲个子很矮,也六十多岁了,虽不是主任,可是解放前参加工作,资格还算老的,因此她家屋后还藏着个小院,她父亲就整天种蔬菜和花,把个小院子弄得喷香。王遐也是头发湿湿的,把个前胸后背的小汗衫弄湿,你想想,王遐也才二十三四,前面胸口像堆着一座山,恨不得将小汗衫撑破,她搬小桌、盛饭,忙里忙外,湿头发一会在胸前一会在身后,弯腰时又泼在脸上,我鸟瞰着这人间的一切,心情激荡,也恨不得弄个望远镜才好,以看清那脸上的满脸酒窝。

二

半塔是个逢大集的镇,每个月逢五逢十。每到逢集,那一条叫密密的法国梧桐掩蔽着的铺着柏油的古街,便被挤得水泄不通。卖什么的都有，大的卖木材卖牛，小的卖鸡蛋卖油。像卖锅卖盆的，卖米卖布的，应有尽有。还有许多货郎担，卖各种小玩意。吆喝声一片，人声嘈杂。卖各种小吃的，麻花大饼油条，我们信用社门口，有一个老太太，也不太老，五十几岁，卖麻团（有的地方也叫麻圆）。她家的麻团真好吃，又酥又香，真是酥得不得了，她是逢集才来，因此每次逢集，我首先是要去吃麻团。麻团要趁热吃，一凉得了就不酥，于是我就站在油锅边吃，五分钱一个，吃两个。

逢集也是我们最忙的时候，各个单位取钱的存钱的，能有上百笔业务，比平时忙几倍还多。上午能出去几十个（我们把钱叫个，十万为一个），下午更忙。每个单位都来缴款，用大夹子夹着，食品的，粮站的，车站的，供销社的，农机站的。供销社最烦，几十个柜组，每个柜组都自己来缴，四点多钟高峰期，缴款的队能排老长，我和王遐这时忙得连厕所都去不了。

不过这样也好，我们就可以"俏"，认识的可以先点，后面叫得凶了，我们就让他们先放这（都信任银行的人），像车站的小芳，食品站的小瑷，夹子往我们这边一甩，忙别的去了，等高峰期过去了，来取走回单。

小瑷刚开始不肯放，是小芳将她手里的夹子一夺，直接甩到我们柜台上。小芳在车站卖票，那时坐车没有现在方便，买票就更困难。因此我们每次上县，都要走小芳的后门，先留一张票啊，从驾驶室爬上车啊。因此小芳就居功自傲，在我们面前就横些。小芳个子不高，但人很精明干练，讲话飻生生的。小瑷则不同，小瑷长得什么样子我说不好，反正那时她从我眼前一晃，我便一晕。根本看不清什么样子。如果说有个印象,就是脸上干净无比,看了一眼,就像吃了迷魂药,人就不知所措。特别是那个眼睛,后来我去过九寨沟,见到九寨沟的那个水,我就想起小瑷的那个眼睛。那双眼睛,真是个五彩池。我想使我晕的,可能就是这个池子。

我的初恋,就是从小瑷开始。

我起初并没有这样的妄想。起先,我只是有些模模糊糊的暗恋王遐。王遐虽然比我大几岁,可我那次在二楼的鸟瞰,使我对王遐有了一种异样的感觉。因此我每天上班,就特别卖力,那时全国学张海迪,许多报纸登张海迪的事迹,于是我便以张海迪为榜样,一边学习业务,一边自学读文学书籍。业务主要是学习点钞票,你别小看这点钞票,点好了也是劳动模范,我们邻镇有个出纳,因在全国点出名次,奖励了两级工资,还弄了一个三八红旗手。点钞不是你家那一点钱,我们一点就是几千张,点法有单指多指,还有扇面,多指一下能划几张,扇面一次10张。快的一百张拾元的不要十秒钟就点完了。王遐是县里的冠军,要点十几秒,我于是就跟王遐学,有时我笨手笨脚,蠢得很,王遐就过来抓住我的手,这样,那样,王遐一边说,一边示范。王遐的手细润温暖,特别这个温暖,我受不了,我一会就乱了。我有时恨不得一把抓住她的手,可那时我才18岁,我哪有这个胆啊。但我磨洋工,稍延长一点时间还是敢的,王遐才二十多,多敏感,不一会就抽出自己的手,那张笑脸也马上热起来。两人不自然一会,过一会又自然了。

银行金库的出纳员是要两个人保管钥匙的,叫"双人管库"。

金库密封很好，两道沉重的大铁门，分里间外间。每次入库出库，都是我和王遐两人，有时为了核对库存，我和王遐在金库里一呆就是好半天。两人搬上搬下，金库又窄狭，转不开身，两人几乎是面对面，我有时看着王遐的脸，她一笑，她的笑窝在鼻梁两侧，特别滑稽，我有时就说，你笑起来好好玩。王遐更是满脸开花，她正色道，我是你姐，不许和我开玩笑。果然没过多久，有一次出库，取出10万块钱整数，可王遐并不走，过一会，她对我说，她爸给她介绍了一个男朋友，也是半塔人，在部队当兵，已经是排长了。我说你同意了？王遐说我爸说一不二，敢不同意？这样我们愣了一会，都不说话，站一会，也就出去了。

之后不久，果然就有信来，什么83几几部队，也没有地址，后来听说是在石家庄，我也不知道石家庄在什么地方。可是王遐变了，她不怎么笑了。人也多了心思。

三

和小瑷开始是这样的。

小瑷她们食品站，经常有些破损的商品卖，比如一只鸭子刚死，还能吃，就一两块钱卖给内部职工或熟人，有些鸡蛋磕了个瘪子，就作为破损的坏蛋，几分钱一斤就卖了，有的职工趁领导不在，有意将鸡蛋磕破，卖给熟人。有次王遐对我说，你买个电炉，可从小瑷她们食品站买点破损的坏鸡蛋回来，晚上看书晚了，打两个鸡蛋吃吃。

我那时已开始剪地方日报副刊上的一些散文诗，贴在一个大本子上。它们是我学习的榜样。我们信用社隔壁拖拉机站的王站长，一个月写几篇一百多个字的新闻报道登在地区报上，我见到第一个活生生的一个人将字写出来，寄出去，过一段时间就印在了报纸上。报纸不是王站长给我的，而是邮局每天送报纸和信的送来的，你说能有假吗？从那时开始，我就有点崇拜王站长，并且有了点自负，因为我除了剪地区报上的散文诗，还在镇新华书店买世界名著读。刚开始我并不知道世界名著，我的一个在地区师专读书的同学，将一本《世界文学阅读》的大学课本送给了我，我读了一些片断，很不过瘾，于是我就按照"阅读"的指引，购买了《老古玩店》《悲惨世界》《复活》《猎人笔记》和《父与子》等名著，刚开始我读不下去，那些外国人说话都是一个腔，而且人名字老长，根本记不住，读一会就读乱了。但我迷信，既然是世界名著，肯定是好东西，只是我原来不读书的结果。于是我便将一根练功的功带钉在椅子背上，将带头子往腰上一扎，规定自己读50页，才能站起来。这样硬着头皮读，几天下来，一本书便读完了。这样读了几本，我好像就有了些变化，最大的变化是感到自己和别人不一样了。具体不一样在哪，我也说不清楚，反正开始有了点自负。最明显的是不把信用社的有些人放在眼里，像瞎子老沈和胡子老牟，甚至胡主任。王遐就欣赏我这一点，她于是建议我买点鸡蛋什么的，加强营养，搞好身体。

就这样和小瑗接触的。

那天下班，我和王遐约好到街北头的食品站的院子找小瑗。镇上的食品站，那时候都是一个大院子，院子好几排房子，长着许多大法国梧桐树。院子里鸡鸭猪都在笼子里关着,鸡蛋一箱一箱的,垫着稻草。小瑷倚在大门口,边上一个大磅秤。我见到小瑷,仍是晕,她的眼睛,打死我我也是不敢看的。

小瑷倚在门口,其实是在那等我们。我们一进院子大门,小瑷就看见了。她迎过来,一下搂住王遐,说:

"你们来啦。"就往里走。

进到屋里,屋子很大,但刚从外面进来,眼睛还不适应,觉得里面暗暗的,小瑷就叫:"大虎大虎。"

一个高个子男人就从暗处走了出来,手里还拎个筐子。

小瑷对那男的说:

"大虎,王遐他们来买鸡蛋……"

大虎走过来,看清楚了,没有屁股,满脸的疙瘩,可样子挺温顺,似乎很服小瑷管。

小瑷见大虎过来,就用手指着大虎,对我们说,其实好像是对我说,因为王遐和大虎都是一个镇上的。

"这是我们组长。"

大虎对王遐呲了一下嘴,算是笑了:

"到后面,走。"

我们跟随大虎来到后排房子,后面更热闹,鸡鸭鹅叫声一片,大虎来到一处堆着许多筐子处。搬下一筐,撬开盖子,稻草下面都是鲜红的好鸡蛋。大虎拿出一个敲个瘪子,拿出一个敲个瘪子,拿了有四十几个,之后给我拎着,说到前面去称一下。出了门,大虎忽然一下,弯过去顺手捞了一只鸭子,鸭子惊得呱呱乱叫,我们还没定神,大虎又是一下,将鸭子重重掼在地上,鸭子斜着翅膀,在地上转了几圈,不动了。大虎掼时,小瑗一下躲到了我的后面,拽住我的衣服,她这一招我没想到,我下意识地去护鸡蛋,正好碰到了小瑗的手,我一惊,又赶紧躲,又划到了她的身上,这时小瑗脸已红得不行。

大虎见鸭子不动,就拎起来,对王遐说:

"回家炖给叔叔吃。"

……

回来的路上,王遐对我说,嘿,小瑗好像喜欢你呀。

我一推王遐:

"大虎才喜欢你呢!"

王遐脸红了,不再吱声。

四

我和小瑗,是在王遐的竭力催促下见的面。

本来我并没有这个意思,信用社虽然不大,但也像个大家庭,我来了一段时间,和大家相处的也还融洽。老沈老婆开店,我就在他家店里买烟,有时老沈就让我在他家吃饭,一来二去,和他家大人小孩都熟悉了。三个小眼睛的儿子也还好玩,叫我"叔叔"。其实我也不比他们大多少,只是因为我和他们的爸爸是同事。老沈喜欢喝酒,有时在他家也喝两杯。社会上叫信用社的人叫"农贷猴子",他们三教九流,吃酒行令,无所不能,我的喝酒划拳,都是跟老沈学的。老沈教我划过一种螃蟹拳。两个人要唱起来:

螃蟹一呐

巧八个

两头尖呐

这么大个

一上口,一下口

六六大顺该谁喝

……

老沈赢了我喝,我赢了老沈喝。

他们不仅喝酒行令,而且闲暇时还打牌赌钱,据说老牟就是一个惯赌,他不在信用社赌,都是到村里与大队书记们赌。他有时来一下,上楼正好和我擦肩而过,他不说话,笑一下,满脸的黑胡子,我感觉他的牙齿很白。

夏天的晚饭后天还亮着,吃完洗完了,老沈就在院子里晚饭桌上,铺一个毡子,哗啦一声倒下麻将,老胡老潘就过来了。他打一将牌(一圈牌)或两将牌,天黑透了,也就结束。一般来说,都是老沈赢得多,老沈不仅算盘打得飞快,而且算账也快。几番牌得给多少钱,他一口就报了出来。他打牌简直是成了"精",抓了一副牌,看一下,之后就一直砍在桌上,抓一张换一张,之后把牌一翻,和了。老潘虽然像个地主老财,可是他打牌并不精,多数是输,他一心想让儿子顶替,因此平时上班,他眼紧得很,很怕我们"偷"了他的技艺。

他们打牌,我有时就站在后面看一会。他们邀我参加,我则不干，我的内心似乎不属于这里。我也不知道自己向往什么，我有点迷茫，也有点空虚，我觉得外面的世界很远。

就这样，王遐让我跟小瑗见面，我同意了。

那天也是逢大集，下午我们特别的忙，小瑗下午来缴款，脸上就怪怪的。夹子也不甩过来了，而是在那耐心地排队。排到小瑗，王遐对她一笑，言下之意很明显，小瑗也不说话，缴完款转身走了。

晚上小瑗同王遐一道如约来到我的房间。按说应该在王遐家或别的什么地方，但我们也不懂，王遐的爸也是断不会同意她多事的，因此就说到我这里来玩玩，其实意思已都明了了。因为已到夏尾秋初，晚上已有了晚凉，院子里人也少了，小瑗她们来时，也没有人注意到。我在街上买了三个苹果，她们一来，我就削苹果。王遐和小瑗就翻我桌上的书，我也不是有意放书装象，而是我一直就是这样了，同我现在一样，书已是我日常生活用品了。她翻翻《复活》，又翻翻《艾青诗选》，我就将《大堰河——我的保姆》抄在本子上，大声去念。

苹果递到王遐和小瑗手里，王遐一会儿就吃完了，而且声音挺响，而小瑗咬了一小口，就没有吃，之后我再看那苹果，已有点黄了。小瑗就这样拿在手上，也不吃，也不扔。坐一会，王遐说出去一下，马上就来。我知道王遐出去不会马上就来，我既不希望王遐走，也有点想她走。我犹豫着，王遐就走了。

王遐一走，我就呆了。几乎没跟小瑗说一句话。她就这样坐在我的床边。我们多数时间是沉默的，可是我还是感到温暖，毕竟有了一个女孩坐在了我的床边。虽然我不敢多看她，可我还是感觉得到她的存在，我感到她像一块冰，因为她是那样的纯洁和单纯，但我也觉得她是一团火，毕竟是一个充满活力的女孩。具体我也说不清楚，对于一个没有任何经验的男孩，只有一种模糊的美丽的感觉，那种美丽是幸福的。

就这样坐了不长的时间，又好像是很长的时间，小瑗说她要回去了。我同意。我就站起来送她。她便在前面，我在后面，送她回去了。

回来时我见小瑗没吃的苹果放在了桌上，我拿起来看看，几乎没有吃，只是黄得厉害，还有点点锈斑。我看也还好，就用水冲冲，把它吃掉了。挺好吃的。

这样我们开始了交往。

五

几场秋雨一下，天就凉了。

我们信用社出了一件事，老牟的腿给枪打断了。那一年，东北出了个"二王"，我们也不清楚，但是这个姓王的兄弟俩抢了银行打死了人，跑了。这两个人原来都是当兵的，是兵工厂的，枪法特别准。跑了之后，他们一路抢劫，又打死了人，公安到处狙击，逮了几个月还没有逮到，因此全国通缉，我们镇上也贴了许多"二王"的照片，我在镇派出所看了那复印的照片，之后又在我们信用社门口墙看到，两人都人高马大，凶得很。社会上也谣言很多，有说在江西山里的，也有说在我们镇的长山头的，弄得全镇人心惶惶。反正民兵和公安设了路卡，检查过往车辆。老牟这个家伙，平时神出鬼没就算了，非常时期他还是不闲着，那天他在大队打麻将打到半夜，又到他邻村一个"小奶奶"（姘妇）家去睡觉，走在半路上，被民兵截住，他是做贼心虚，民兵让他站住，他非但不站，还拔腿飞跑，民兵鸣枪警告，他跑得更快，民兵上去一枪，正好打在老牟腿上，腿给打折了。逮到一经调查，不是"二王"，是我们信用社的老牟，可是活该他倒霉，谁叫他飞跑，但县里来了人，让老牟停职了，我们信用社就有些乱。

这期间我和小瑷通信了。我给她写信，她也给我写信，其实我们在一个镇上，不用写信也是可以的，可是我们不写信又没有别的方式表达自己感情。而且写信又是个时髦的事情。我们的信有许多是投在了一个邮筒里。因为我们镇也只有两只邮筒，一只在南头邮局门口，一只在北头银行（信用社）门口。就这样我们把信投进去，有时在邮筒跟前，我们还互相遇到。

我和小瑷还偶尔约会见见面。我们约会的地点是在烈士陵园。半塔这个地方，是个革命老区，张云逸、罗炳辉曾经在此打过仗，仗打得相当惨烈，史称半塔保卫战，之后就建了一个很大规模的烈士陵园，里面树木很好，松柏都很大了。半山腰上，空气好，风景好，是个约会的好地方，镇上也没有公园，大家也就将这个陵园当公园来看。

我们所谓约会，也只是沿着山中的小路走，说些话。话是不多的，偶尔说一句，可两人有吸引力，就这么耗着时间。有一天晚上，月亮很好。季节已是深秋了，我们穿过陵园的石阶，绕着山腰的小路，白天不知何人挖沟排水，将小路挖断了，说过不去也能过去，说过去也有那么宽，我说往回走，小瑗倔起来，说自己能蹦过去，我于是不说话，就看着她，她几次助跑，想跨过去，可到了跟前她却刹住了车。自己就笑，我在月光下，看着她的脸，真是灿烂无比。人一高兴，就比平时好看。那种脸上的线条轮廓，一下触动了我的心。我不知哪来的胆子，一下子抱住她的腰，她一使劲，咦！居然蹦过去了。可我听到噗地一声，紧接着她便弯腰摸身子。哈，裤腰带断了。这可笑话了！小瑗脸是红得不能看了。我赶紧过去帮忙，小瑗打我的手，说坏。我又一下抱住她。小瑗这下不动了。我看住她的脸，心都快碎了，我紧张极了。可我又似乎很镇静。我轻轻将唇贴到她的唇上。她的唇在深秋中微凉。她抿着唇，一动不动。我们就这样在深秋的月光下站着。深夜的陵园静极了。我听到了她的心跳。那是一种钟表的铮铮的声音。我感到她的呼吸，那是女人的气息。我可以肯定，就是有女人的气息。因为我从来没有感受到过这种气息。这种气息，让我心慌晕眩。

我感到她温软得似要融化。月光真好啊。

六

老牟的事刚要平息，我们信用社又出了岔子。这个岔子出在我和王遐身上。

那天是个月底，正好又赶上逢集，白天我们忙坏了。晚上轧账，可怎么核对，总是少一百块钱。现金的余额比账面少了一百块钱。银行的账，是分分秒秒的，一分也不能少，连多一分也是不行的,更何况是少,而且是一百块!我们找遍抽屉,地上也扫了无数遍,可反复查,还是现金少了一百。当然我和王遐都不可能迷了这一百块钱,这一点,我们互相是信任的,可是错到哪去了呢?是扎把时多扎了一张,白天多付出去了?还是收款进来时,我们点错了,少收了?这个事很麻烦,不但我和王遐要赔这个钱,而且要上报上去,是出了差错,要通报批评的。

我们找到很晚,可终于是没有找到。最终我们赔了款,还受到了批评。可这些还不是关键,关键的是我和王遐的关系出现了变化。王遐虽没说什么,可我感到,王遐似乎是怪我,怪我分心了工作,但也不完全是,这一百块钱究竟哪去了呢?我也感到纳闷。我和王遐之间,就有了些陌生,没有从前的那种默契,有时两人进到库房,感到有些别扭,也说不出,因此话也便少多了。

但更重要的是,我在小瑗面前,也终于还是失败了。

忽然有一天,小瑗和我出来,她先问我错款的事。这事是瞒不住的,我如实去说。之后她一路不说话,似不太愿意理我。憋了半天,她终于说了,她吞吞吐吐。可她的意思我还是明白了。她说人还小,她家里人不同意。我似乎感到是托词。可我始终没弄明白,究竟是何原因,使她改变了主意。

多少年过去了。现在我知道,爱与不爱,是不需要理由的。女孩子的心,在那个年龄,就像夏天天上的云,高远、飘忽,是逮不住的。她怎么想的,我哪里能知道,可是女孩子决绝起来,你就没有办法了,更何况我也正值少年,受了文学的蛊惑,也不知道自己是个什么东西,于是也倔头倔脑,对女人还不知道呵护和怜爱。我没听她说完,就突然冲动起来,扭头便走。

可是那一夜,我失眠了。

这是我来到这个世界上第一次失眠。人失眠的时候,脑子是多么清楚啊。我的耳朵从未有过如此的敏锐。夜的一切轻微的声音我都能听到……跑过一只老鼠……昆虫在楼下墙根底下的鸣唱……刮风了……远处有闷响的雷声……外面树叶哗哗地响……听到有没关上的窗户被风刮动的声音……玻璃碎了……窗口大如黄豆的雨点在空中乱射……噼里啪啦,东一个,西一个……打在树叶上稀稀拉拉的声音……一个大闪……半天,远处一个闷雷远远地滚来……雨哗哗地下了……稀稀拉拉的声音连成一片。全世界仿佛都在雨中了。

这雨大概持续了有半个小时,便慢慢停了。我就那么瞪着眼睛听着外面的一切。天应该是晴了,外面这秋天的夜空也许能看到星星,空气中应该还有疏疏的毛雨。树叶子此时应该是碧绿的,一切仿佛都是崭新的。可街上的积水,以及积水中的树叶、废纸,下水道的哗哗流水声,都在告诉人们刚才下了一场暴雨。

此时一切都安静下来。外面的风小了。偶尔从门缝里刮进来,门边的电灯开关线的坠儿被风碰在墙上,一下,一下,一声一声脆响。我竭力回想小瑗的样子,可我什么也记不起来,我想想又好笑,一个人,认识,可叫你说出她的样子,眼睛怎么样,嘴唇怎么样,鼻子怎么样,却一点也记不起来。我只记得她那小巧的样子,那脸上洁净明亮,眼睛,眼睛,波光一闪,仿佛一道光划过……

我就这么想着,想着,等待天亮的到来。

2006 年 1 月 26 日晚,春节前两日

濠河人家

黄步千

一

崇州城脚下有一条河,俗称城河。也有读过刘禹锡的《和浙江李大夫》诗句的,文气点,称它为濠河。

城河的西南滩上,有一棵柳树。据说当初是船家缆船系船的一段木桩,得了地气,搭上水脉,发芽抽青,居然长成了一棵大树。由于船家多爱到树下停泊,在长年的单向背牵力的影响下,树干弯弯斜伸河面,有大半个树荫落在水上。

泊在柳树下的船都不甚大,三尺见宽,十多尺长,带棚。棚矮矮的,出出进进得俯下身子,屈起半个膝。听他们的口气,多是从兴化、高邮、泰兴,里下河一带飘过来的。他们说,乡下淹大水，为糊口才出来的。

他们带着家眷、孩子。他们唤老婆叫"女人"，唤男孩叫"小伙"，唤女孩叫"丫头"。他们的女人起得比男人早。她们在船头上，一边烧着锅腔，熬着一大锅粥，一边梳妆打扮。她们把长长的青丝梳到脑后，归成一把，盘个髻然后罩上一只丝光网格，插上如意簪，别上一朵栀子花或红绒球，然后再在前面理出刘海，妥妥地遮在额上。她们的头发总是抹得亮光光的，没有油，水也行，伸手将梳子在河里蘸一下，很便当。她们爱搽雪花膏。有个姓周的白胡子老头，常到柳树下来卖。他一唤："梳头油啰——雪花膏！"她们就拢上来买。几文钱就可以挖一瓶，很便宜。而且老头儿人软和，不像店家一般斤斤计较，买好了，还可以在他的罐里挑一点，白搽一趟。

他们的孩子都梳着辫子，但又都赤条条的，因此决不会阴阳混淆。夏天，他们整天泡在河里，有时凫到货船边上去，够上一只西瓜，一捧枇杷，或一把杨梅。然后潜回来，大家分了吃，下雪天，他们也很少穿裤子，只套一件烂棉袄。两只脚冻得青紫。鼻涕挂得长长的像龙须粉丝，他们不擦，也不擤，"咕滋——"一声，从鼻孔里收回来，便不见了。他们不念书。念不起。也没地方收他们。他们从小就学游水，点篙、缆船，跟上人学手艺。

各船觅食谋生的方法是不同的。有卖小竹笛的，一根七八寸的芦竹，细细的，铰了几个眼儿，居然能吹出曲调，声音脆脆的。有捏人儿糖的，他们将色彩调在糖稀中，趁热带暖地捏成各样的东西：老鼠偷油、绿叶红花、青龙大刀、孙悟空、赵子龙……栩栩如生，惟妙惟肖。有卖纸扎玩意儿的，他们用自己染的色纸，做宫灯、风车、龙……他们的手常常也被染成五色的。有做铜器的，他们担子上披挂着许多铜片，跑到哪里就响到哪里。做这行当的就一人，姓李，他靠在柳树底的日子已有很长了。城里城外认识他的很多，因为脸上有几粒黄豆大的坑，大家唤他李麻子。还有捉鱼摸虾耥螺儿的。邹百顺就是使耥网的。城河里不晓得哪来的那么多的蚌呀、蚬子呀、螺儿的，耥也耥不完。邹百顺和女人每天都有两大盘篮的货色扛上街。他们做生意不用跑，有个固定的地方——茶馆店外边。他可以一边喝茶，一边做买卖。他喝茶是不给钱的，茶馆老板娘舀螺儿蚬子，也无须付钞。以物换物，两不相烦。

  每到太阳落山的时候，柳树下便腾起一片青色的烟雾，女人们开始煮晚饭。草湿、风大，烧不着，他们鼓着腮巴拼命吹，一边揉眼睛，一边不停地咳嗽。男人们回来了，什么也不管，一个个蹲在树底下闲扯，谈市面，骂世道，扯女人。等女人在他们面前倒扣下一只木盆，摆下两只碟子，于是就喝酒。碟子一般是素的，或五香花生米，或油氽豆瓣，或盐黄豆。还有一样，名字挺美，叫葱花麻油胡椒五香烂豆，两个铜板能买一大包。铜匠李麻子摆出来的碟子和别人略有不同，多有荤。一则他的生意好，手头活络，二则他女人没有本事，至今还没有孩子，没负担。另一个与众人不同的是邹百顺，他断不了河鲜，炒点五香螺儿，烧点小鱼，都是自己耥的，单贴点儿佐料，并不花钱。

  男人喝酒的时候，女人陪着也咪两口，孩子也可以咪两口。这时，他们便不再想其他的事，劳顿、烦恼、不平统统都被酒融化了。李麻子的女人不会喝酒，很扫兴。他逼着她喝过两回，每回都呛得流泪，没法。于是，他就拎起酒壶，带上一只碟子，到人家盆底上去凑伙。到得最多的是邹百顺家。"哦妈妈的——还是这块热闹！"他总是将"我"说成"哦"。邹百顺家有五口，李麻子哪有插足的地方？百顺女人就朝丫头莲子挥挥手："去，一边去——"麻子女人看不过意，忙唤："来，莲子，到这边来陪哦吃。"

有时，李麻子也喊百顺过去："今天没有买酒么？过来陪哦喝两口。"百顺拿眼睛瞟着女人的脸。女人权当没有看见，却笑着朝麻子说："你兄弟喝过了。过天陪你，过天陪你好好喝个够。"

"你也喝了？"

"喝了。"

"真的？"

"真的。"

"你跑来让哦闻闻嘴上可有酒味儿。"李麻子一句话把大家都逗乐了，几个女的起哄起来：

"撕他的嘴！"

"拿鞋底把他闻！"

百顺女人斜了麻子一眼："……叫你女人先过来闻闻百顺可有酒味，只要你女人肯，妈妈的，今晚就换换。"

大家都被引笑了。

吃完喝了，女人将碗碟收拾了，男的都兴致未尽，便南里州北里县地扯谈。主角儿照例是李麻子。他将白铜烟袋一捧，"福——"地吹亮枚子，"吧嗒、吧嗒"抽一阵，然后，在烟锅上填一撮水烟丝，把烟袋嘴子抹一抹递给百顺，就开始了。他讲赵子龙百万军中救阿斗,是曹操有令不准放箭暗算;他讲姜子牙八十岁遇文王,还是做了官,算不得真隐士!他讲……末了,终忘不了讲到交通银行的保险柜如何如何精巧,他如何如何把它拆开,如何如何把它配钥匙,他又如何如何敲一大笔钞票。"哦妈妈的,那么多钱,不要白不要!"

女人们早就睡了。起身解溲,发现男人还没上船,就喊:"都半夜了,还嚼瘟蛆——睡!"一个唤了,各船都唤。谁愿在柳树底下落个怕女人的笑柄?便骂:"喊你的魂,妈妈的——"骂归骂,却都不由抬起了自己的脚。

二

这城河达江通海,夏秋时节水位陡然升高,流头也格外地急。那柳树下的一段,是个喇叭嘴儿,水涌到这里,就更凶更蛮。

那天下半夜,大家睡得死死的,突然涨了大潮,柳树底下的小船在波浪上颠来摇去,寻着机会挣脱绳索的羁绊。邹百顺朦胧中感觉到不对,赶紧推醒女人,一起往棚子外爬,但是迟了,"叭——"的一声,系船的缆绳被崩断了,船就像箭一样脱离了柳树,一眨眼就撞在吊桥柱子上——散了。

人都没有死,但除掉捞起的几块烂板和两根断了的篙子,什么都没有了。百顺女人披头散发,跺着脚,嚎着:"天哪,前生前世作了什么孽呵?我……绝啦!"说着就要往树上撞,吓得另外船上的两个女人,死死地揪住她的胳膊。百顺蹲在树根边上,他两眼呆呆地盯着黄乎乎的,打着旋涡的波涛,脸色铁青,嘴角挂着一种奇特的笑,很怕人。李麻子喊了几声,他都没有应。知道他急傻了眼,跳过去扳住他的双肩连连往树上撞,大声地唤着他说:"兄弟,百顺兄弟……想想开……"

邹百顺从小生在船上,飘在水上,是靠一把耥网长大的。十三岁他就跟着老子耥螺儿,父亲死了,他接过小船、耥耙,依旧在水上过日子、挣钱、传宗接代。如今一个夜里,一个潮头,把一切都毁之殆尽,他能不痛心么?他想哭,想喊,但是胸口上像压着一块东西,沉沉的,使他透不过气来。李麻子又是撞他,又是掐他,好不容易他的嘴才微微一抖,吐出一句话来:"毁了……"

"急什么?死店活人开,棺材劈板卖。慢慢商量,过几年再置条新的……莲子,来!"

莲子和两个小伙被李麻子女人带上船,一个人手里捧着一只粥碗。那两个已喝掉半碗,只有莲子一口没喝,眼泪一点一点抛在碗里,她惊惶地盯着父母,虽然年龄还小,但已明白家庭中的不幸。听见李麻子喊,赶紧下了船,把手里的粥碗递到百顺面前。

百顺连刮痧的钱都没有,如何还谈得上造船。在各位船户的帮衬下,柳树底下搭起了一个小棚。百顺家从此在岸上栖居下来。

百顺只得靠借债过日子。有爽气的,也有做脸色的,即使麻子和他女人始终如初,他也不愿一直这样下去,于是向茶馆的老板借钱买了一副水桶,干起了挑水的营生。崇州城里的住户、店铺、烧饭、煮茶、漂衣、涮马桶……都是用的城河里的水。

靠河边的下河滩。离得远的，家中置几只大缸，喊人挑，给几个钱。南码头有个叫盘刁子的，就靠这挑水过日子。他的担桶就歇在茶馆旁边。要挑水的，就在茶馆里喊他。

那天，盘刁子看见茶馆外歇了一副新的担桶，脸色不对了。这不是抢人的饭碗吗？他从眼缝里搜寻着对手，眼光冷冷的，满是挑衅。茶馆老板忙提着新沏的茶送上座，手指指百顺，和他轻声嘀咕了几句，他脸上的肌肉才渐渐舒坦开来，叹了口气。没褂子地碰上个没裤衩的。

百顺毕竟有几分力气，所以，一天倒也能赚几个钱，大小五口勉强糊日子。稍后，请他挑水的店铺多了点，一天的进项也多点了。有时要挑水的人多，茶泡好了他也不喝。城河里的砖头也有翻身之日，他就不信置不成新船。然而，他的梦似乎做得太美了，太早了。一天，他替钱记纱庄挑水，进了后天井，隔着窗棂，看见老板正"訇——訇——"地往纱里喷水，不禁轻声嘀咕了句："缺德哟！"

第二天纱庄放出风来，说少了钱，并说除了邹百顺，没有别人到堂内去过。吓得许多人都不敢要百顺挑水了。李麻子拉着百顺，要找上门去评理。百顺女人一边哭一边骂，骂纱庄老板，骂百顺。百顺越想越恼，举起水桶就砸，那桶摔在柳树根上，立时就炸了箍。

盘刁子自然也知道了这事。这天他一进茶馆便说："哪个乌龟王八带（再）把它（纱）庄挑一担水，我挑，理（你）们丢（就）骂我乌龟王八！……"果真，他再没给纱庄挑过一担水。

从此邹百顺恹恹的，不思茶饭，整天盘膝坐着，晃着一颗脑袋。

郎中看了，说是急火攻心，痰迷心窍，怕是治不了了。

三

一副担子全压在百顺女人肩头上了。累得她喘不过气来。她扒垃圾，拾破布，拣字纸，捞碎米。柳树底下，堆满了各种破烂，散发着呛人的怪味。过午，她就到河滩头上去捞米。她用一把长柄铜勺，手不要下水。捞的时候要有点悬劲，轻轻地下勺，轻轻地出水。若是把融泥搅动了，米粒沉没，什么也捞不到。百顺女人一下午，可捞到半碗碎米。碎米里夹着沙泥砖屑，回来拣掉以后，放上一锅水，熬成粥，一家人喝。薄溜溜的，不用筷子，"呼噜——"一声，就灌下肚了。光了，舍不得放碗，伸长舌头舔，碗底舔不到就勾着指头刮，那碗比洗的还干净。

徽州会馆的看门人张驼子，原是百顺的老主顾，他养猫，买的小鱼都是百顺摊上的。有时上街迟了，也不要紧，旁边替他留着。见百顺家连卵子儿都穷掉了，可怜几个孩子，就让百顺女人在会馆里捡了个殓尸的差事。崇州的茶叶店、南北货店，多数是徽州人开的，掌柜的不是姓方、姓程，就是姓洪。他们设了个会馆，为同乡人办事。有些人怕客死外域，将来做了孤魂野鬼，不愿当地黄土盖脸，便想着要子孙将棺木灵柩运回故土。没有启运前，就在会馆里殓尸、停搁。

百顺女人的胆气很大，不知是天生的，还是穷出来的。替死鬼剃头、洗身、换衣，还敢抹眼皮，敢把吐在外边的舌头塞进嘴巴。料理完了，她用一块方帕把死人的脸盖上，再用两只筷子撑好死人的脚,喊一声:"阿——弥——陀——佛——"就可以拿到一只红纸封儿,里面包着酬金。接着,她把死人换下的东西,给主人过一过目,打个包裹,往肩上一背,走了。封儿有厚有薄,一般斗把米钱。包袱里的东西有多有少。这全看死鬼的地位、家资、人缘。运气好,碰上有派头的,出手大,东西也多。包袱里有缎的、绸的、布的、单的、棉的,还有垫垫盖盖。她把这些东西泡进草灰水里(这种水碱性很大)洗净、晾干,挑几件能穿的留下,其余的往城门口旧货摊儿上一送,也可卖到几个钱。可惜的是,死人的事并不天天有,她也不能掌管他们的死期,有时几个月也碰不上。

粮价一天涨几浪,钞票一天跌几趟。百顺女人没办法,就想把二小伙送掉。她已想好送给李麻子,这个人是个好人。

"他婶子,你一家都是我救命恩人,我今生还不尽,来世也要报答……"她和麻子女人说。

"啊唷喂,你这一说不就太生分了?"麻子女人有点打不到深浅,一看百顺女人眼睛红着,知道她又难了,说,"婶子耶,有什呢事?"

"他婶子,如今,我当家的这副样子,你也知道……叫我一个女的怎么办呢?五个人要吃饭。我就是一身是铁,能打几只船钉?"

"是啊,这日子……"

"我苦点倒也别说了,只是小孩……错投了胎,也跟着受苦呀!……他婶子,你不见怪,我想把二小伙送了,让他超超生。"

麻子女人一怔,说:"送了?把二小伙送给人家?"

在船头上锉铜勺子的李麻子，以为两个女人扯闲，并不曾在意听她们说些什么。听说要送二小伙，他急忙说："哦妈妈的，你说什呢？怎么想得起来的，送把人家还不如把我。"

"把你做儿子？好，把你做儿子。"

"噢，"李麻子听这一说反倒语塞了，沉思一阵说，"不不……我就是绝子绝孙，也不能、不能……"

麻子女人朝麻子看看。麻子看了一眼百顺女人说："……这样吧，你叫二小伙到我船上，跟我学点铜匠手艺……能赚钱了，退回。"

百顺女人泪珠早就抛了下来。

四

这年，莲子十六岁了。虽是生活待她过于刻薄了一点，但总算赐给了她一副好模样。她从转转儿街上过时，店里些个年轻的伙计，都舍不得放弃机会，从柜台后勾着头来瞅着她：漾着水波的眼睛，微微带着忧郁的眉毛，隐隐现出轮廓的胸脯……拼着让老板拧腮撕耳朵，鸡毛掸子戳额头，也值得。

城门口有个提篮唤卖烧饼的，姓姜，是个孤儿。因为小时候生癞疮，头发都掉光了，大家便唤他"小癞子"。他一年四季都戴着一顶关丝草帽，颜色已经灰白。他一见到莲子，唤卖的调调也陡然升了八度。莲子走到哪，他也跟到哪。谁也比不上他的那份快乐。

南货店的伙计金宝想寻一寻他的开心。

"你这小子真有眼福。早晓得我也卖烧饼了。"金宝劝了小癞子一碗黄汤,说。

"嗯……你说什呢?"小癞子脸红了,觉得帽子圈儿小了,头皮刺刺的。

"省得你整天跟着转,倒不如把她娶了。"

"不要……胡说,人家看……得上我?"小癞子又喝了口黄酒。他口舌有点不灵便了。

金宝一本正经地说:"唉,你比谁少鼻子,还是少眼睛?不就是头上少几根毛吗?碍什么?还不照做新郎官?实话说给你听,我还看见她朝你笑的呢!"

"我,我怎么,从来……没看见过。"

"真的。我和你小老弟还说谎吗?"

"那……"

"听我的准不错,"金宝靠着小癞子的耳边,十分知己地说,"去河滩上找百顺老头儿提亲。我日里要做生意,夜里要睡店,要不我就陪着你一块去了……"

崇川地方的风俗,上门提亲,得带上四色的礼:鱼,火腿,糖,酒。崇川念火腿为"火太",太是大。这四件暗合四字:甜、久、余、大。小癞子无父无母,无店无业,每日到城门洞边上一家点心铺子里批一点烧饼,沿街叫卖,能落下几个钱?一下子要备四色大礼,可就犯难了。既是金宝出的主意,他就找上金宝了。在南货店里赊了八斤青黛、四瓶头曲,另外,又七拼八凑地,买上了一条二尺半的花鱼。一只金华腿,也是金宝手里赊的。怕老板看见发火,另记了一个名字:姜汉臣。这才是小癞子的尊姓大名。

不过,老板并不知道。

小癞子到柳树底下,第一个碰到的却是李麻子,他正拎着酒壶,托着碟子,上岸往百顺家跑。

"这,不是小癞子吗?"李麻子看看小癞子手里提的说,"嗬,四色大礼。是拜丈人去?谁家的,别跑错了门堂。"

"李叔,我,嗯……"小癞子脸朝着百顺家看了看,没有说下去。

"什呢?"

"我,我想娶莲子。"小癞子的声音很幽。

"莲子?"李麻子搔头了。当他看着小癞子那副认真的神情,知道这不是玩笑。于是,也正色起来:"到别家去,我不管。到这家,我倒要做半个主。莲子天生是要嫁人的,谁来提亲都行。但是要娶莲子,就得把整个家都带着。你小癞子,一天能挣几个梦钱?有多少家当?就凭你那只盘篮,装得下老小四口吗?……"

小癞子是个实心实肚的人,被李麻子这么一说,觉得帽子紧了,头皮上刺刺的了,汗褂都湿了,咿咿呀呀地再也说不清话了。

第二天,小癞子成了转转儿街上的新闻人物。街坊们都把他提亲的事当成了笑料。金宝却还问他:"你为什么不找百顺,听那麻子的?"

小癞子说:"他说的不错,百顺家太苦了。"

金宝说:"你就说,你有钱,能养活他们。"

小癞子说:"我哪来的钱?"

金宝说:"我有。借给你。"

小癞子说:"不……"

金宝被小癞子的真情感动了,说:"你的账,我把你消了。"

五

大小伙进了大生纱厂,是茶馆的丁老板替他谋到的。有个姓翁的茶客,曾在纱厂里当过职员,因为不肯向东洋人鞠躬行礼,被打了两个耳光,气愤至极,便辞了职。丁老板很敬重他的气节,他来了,总给他让好座儿,沏好茶。姓翁的五十岁,丁老板特意送了份厚礼,提起邹百顺的窘况,想替孩子谋个差事,他一口就应了,并且很快找纱厂的旧僚给大小伙补上了额。

大小伙才十三岁,说话时还没脱掉稚气的童音。但他的个头高,进厂就当了络纱工。他每天早早地就去了,到很晚很晚才回家。中午带饭。别人用钢精盒子,他用海碗,一只盛饭,一只扣在上边,外边包一块蓝印花粗布,角对角做一个结。他带的饭也不天天一样,有时是粎子饭,有时是菜饭,有时是几只红薯,有时是几块烧饼。他吃午饭不吃菜,开水淘一淘,连汤带水灌下肚,又爽又省。从鸡叫到狗叫,一天十四、五个钟头的活,累得他浑身散了骨架,他也不吱声。他想要养活自己,养活爸妈、姐姐,他想帮爸治好病,想替爸置一条船……

拿了钱,他都交给娘。娘说:"扯几尺布替你做件褂子。"他不。娘说:"天冷,买顶帽吧。"他又不。随便娘说什么,他都摇头。娘给他几个零用钱,他都省着,替父买二两土烧,或一包"老刀牌"卷烟。百顺虽是仍不开口,但似乎比过去稍微清楚明白了些。

大小伙没有钟,早上起身,靠看天色、看月亮、看"七索"星。百顺和他女人,醒得早,便喊他,莲子起来解溲,也喊他。怕他迟到,迟到了拿不到牌子,领不到钱,还要罚。

那天,下了一夜的大雪。大小伙醒来看见棚子外白花花的,以为天亮了,急忙往厂里赶。到了厂,鸡还没啼,厂外的铁丝栏栅闭得紧紧的,这才知道还早着呢。大小伙又困又冷,看着栏栅并不高,便想翻进去。他把饭包衔在嘴上,伸出手去,就再也不动了。原来栏栅上有电。东洋人怕纱厂被偷、被抢,想的一个绝主意,大小伙手搭上去,就烧焦了。

大小伙被运到柳树底下,百顺女人像疯了一般,抱住尸体不放。百顺倒像什么事也没发生,瞪着眼睛,不哭,也不言语。半夜,他揭开大小伙的盖头布,看了又看。然后便走出了棚屋。第二天,百顺也死了。他跳了河。把他捞上岸的时候,十个指头屈曲着像耙齿。他是抠着石头褶缝死的。百顺生在水上,在水上飘荡了一生,还是归到水里去了。他到另一个世界,去寻找他在这个世界上失落了的希望了。

柳树底下搭起了长棚,扯起了白幡。百顺女人哭了儿子,哭男人,胆碎肝裂,几次死去活来。李麻子女人和其他几个女人,把她架到船上,陪着她哭。一切都由李麻子操持起来。

李麻子朝自己女人说:"总不能让百顺这么样子去,好丑得买点木头,打口棺材。薄就薄点,也算有个安身的地方,不做野鬼。"李麻子女人从舱里拿出一个布包,将一副耳环和一只戒指托在掌上,摸了又摸,然后送到李麻子手里……

茶馆丁老板、盘刁子、张驼子都来了。小癞子也来了。他一手提着盘篮，里面放着一副二斤大烛、两扎锡箔、四个茶食供品，另一只手是四十刀中青纸。他今天没有戴那顶关丝草帽，敞着头，光亮亮的。李麻子见了微微一愣，竟没有想到小癞子如此虔诚。他想了一想，把东西一一收下，上了账。小癞子朝百顺叩头，他赶忙拉过莲子和二小伙跪下，陪拜。

六

李麻子失踪了。半夜里有人把他从船上喊去，就再也没有回来。二小伙也不见了，他是跟在李麻子后面上岸的。

两家人四处打听。有说李麻子把收来的铜材给了苏北新四军，犯了"资敌"罪；有说李麻子发了财，让人落了眼，挨绑了票；还有说李麻子被抓的中途，给一个孩子救了……

李麻子女人原本胆气就小，经不起折磨，便放倒了。百顺女人让莲子日夜陪着她，并劝道她说："……说不定他俩真的已到了苏北。愁也没用……"

李、邹两家一块过了。互相支撑着，互相搀扶着，互相依靠着。

柳树老了。蛀虫把树身都雕空了，风吹过来，从根上的一个洞里，流出许多的木屑。

小癞子好久没有上柳树下去了，间或在街上碰到莲子，也只远远地瞟一眼，就避开了。

金宝说："小癞子，女婿这回做定了。"

小癞子说："别扯了，我不配……她明日会有个漂亮的、有钱的郎偣。"

金宝说："邹百顺死了,李麻子没了,你还怕什么?"

小癞子说："孤儿寡女的,更不好去。不知道的,说我失火抢木炭——给人指头戳到脸上骂,跳到城河里,也洗不清。"

金宝说："礼也送了,孝子也做过了,做不成女婿,真不值……"

"你怎么这样说的撒……都是苦瓜卵子,能不帮着点儿?不信?我赌咒:我瞎说就吃流弹,一枪打十八个眼……日后,你死了,我也会来叩头的……"

该来的没来,不该到的反到了。谁?镇长许维善。此人六十出头,开着两爿粮店,可算崇川首富。他有一妻二妾,似还不满足,还要伴花眠柳。一次为了东南营的一个什么宝贝女人,争风吃醋,被另一个嫖客打断一条腿,留下了一个永远的标志。百姓背脊里都唤他"跛脚子老骚驴"。

跛脚子老骚驴是来讨债的。当初百顺撞碎了船,曾断断续续向他借过六升米。

百顺女人不识字,跛脚子老骚驴拉开长长的折子递过来的时候,她连看也没看,说:"明明借了六升,怎么成了九升六斗二合?"

跛脚骚驴说:"将本生利,利上加利,自然就有了这许多。"

百顺女人说:"借债还钱,杀人抵命。可是眼下,我连一个子儿也拿不出……"

老骚驴把脸一沉说:"你是想放刁,好,你不还钱,明天我就拆你的棚子,告你的官……"话还没完却忽然收住了。他瞥见了进来的莲子,一双青筋跳动的眼睛即时眯成了一条缝,也露出一种贪婪、淫荡的邪光……

骚驴子走了不到两个时辰,他的账房先生又来了。他说,许老板体念孤儿寡母的苦楚，如果肯把莲子给他做焐脚丫头，他也就把这笔账消了，并且还可以替百顺女人养老。

从前，有钱的老爷、少爷，纳娶妻妾、养暗娼、设外室，怕遭上下非议，总要找个借口，所谓焐脚丫头就是小老婆。百顺女人听了大声嚷道："老骚驴的算盘倒打得不错。我莲子就是跟个讨饭的，也不让他碰一根毛！早知今日，倒不如当初给了小癞子，穷归穷，丑归丑，倒是个本分人……"

李麻子女人忙忙地把账房先生送走了，说："惹不得，惹不得的……他又有钱有势，什么都做得出来。"

百顺女人说："怕什么？寻死不如闯祸，横竖活不下去了。"

李麻子女人说："还是躲一躲吧。"李麻子女人又放低了声音，"前些日子，有人捎信来说他们在北边蛮好……"

莲子的眼睛哭肿了。

黑早，莲子就起来了，来到城门洞边上。

小癞子像往常一样提着盘篮，揉着眼睛在昏暗的灯光下出现了。她站在暗处唤了一声：

"姜哥——"

"谁，莲子？"小癞子终于看清于她。

"我，"莲子说，"姜哥，我们要走了。"

小癞子已听说了这事，骂道："这、这个跛脚骚驴，他怎不爬他娘的肚皮！"

莲子说："我来告诉你一声……"

小癞子说："……你什么时候走？"

莲子说："晚上。"

小癞子说:"什么时候再回来呢?"

莲子说:"不知道……"

东天微微泛出一片青光。烧饼店里,不时传来"嗒嗒嗒"的案板声,和"吧嗒吧嗒"的风箱声。惯于起早的菜农也陆陆续续地上城了。

莲子的呼吸突然变得急促起来。"你也跟我们一块走,好么?"她拉着他的袖子说,"我妈说……"

小癞子惊恐地避开她呼出的暖气:"我?……唷!我得去拿货了……"

"你?"

"我不能,我不配。要是……你以后会懊悔的……"小癞子跑了几步,又站下来,没回头,轻声说,"晚上我来送你……"

晚上。小癞子并没有在柳树下出现。莲子在河坎上等了好一阵,很失望。开船的时候,李麻子女人忽然呼了一声:"火腿——"船板上,放着一只走了油、泛了黄的火腿。

星光淡淡,柳丝依依。一只小船离开了老柳树,消失在无边的夜色中……

七

柳树早已被虫蚀空了,却并没有死去,年年报青,年年飞絮。

"梳头油喽——雪花膏!"白胡子老头儿的声音依旧在河沿上飘荡,依旧唤来了许多船家的女人……

祥大少

刘仁前

"祥大少"死了有些年了。

"祥大少"一生"三好":玩牌,听戏,打老婆。

"祥大少"喊全了该是"祥大少爷"。可一村人,都喊不全,便喊他"祥大少"。上了年岁的都晓得,他爷爷倒实实在在做过几年少爷。到他父亲手上,家中卖得只剩几间空房子了。倒也好,落得个红根子。然而根红苗不正。子承父业,"祥大少"从父亲那儿学会了玩牌、听戏。"有钱赌,有钱输,没钱买个尺二锅。"说的便是他。冬天一到,破棉袄上栓根麻绳,怀里揣着个半旧不新的收音机,坐到牌桌上,正正经经玩牌。

"祥大少"玩牌,不玩现时的扑克,他玩纸牌——窄长窄长的那种。外行人一看,黑乎乎的,净一个模样。"祥大少"眼尖,看得挺清爽。他玩纸牌,不玩别的花样,只玩"寸符儿"。"寸符儿"只能三人玩,四人当中轮流着歇空。别人歇空就"相斜头"(看另一家的牌,帮着参谋参谋),"祥大少"歇空不"相斜头",从怀里掏出小半导体,自管听戏。"祥大少"听戏,只听淮戏。他总嫌别的戏不如淮戏够味。可别人都说,那是他别的戏听不懂。这么说,淮戏他真懂了?不见得。"祥大少"听戏,总把收音机的音量开得小小的,就到耳根上听,他听《白蛇传》,听《珍珠塔》,听《合同记》,听《铡美案》……一边听,一边跟着哼。一冬哼下来,也没见他正经八百地唱过一段。但,他依旧是哼。

"祥大少"没看一回戏。他的钱都尽心尽意往牌桌上送。"祥大少"玩牌老是输。

"人背时喝凉水都塞牙。妈妈的!""祥大少"恨恨地,骂了阿Q的名言——可韵味比阿Q差多了。早几年,可不是今儿的情况。那时,村上就一张牌桌,上手归他坐。那时他还是队长。虽说入冬就扛上棉袄——这扛字,只有本地人懂。天冷了,飘雪花了,穿上棉袄,出门遇见,彼此招呼一声:"也扛上棉袄啦?""扛啦!"回答极简便,就是不喊"穿"字。可棉袄上用不着麻绳。他两手总那么叉在腰杆上,挺威风的。天刚透亮,小巷上就响起他的脚步声,嚓、嚓、嚓……接着就是吆喝:"烧早饭啦——""烧早饭啦——"

不是说"冬闲"吗?冬闲是冬闲,你想闲,干部不让闲。冬季事儿挺多:上河工,挖鱼塘,挑路,做圩,还有上"大型"(大型水利工程的意思,乡里人识字少,说简单点方便)。这"大型",年年有,每队抽几个。苦虽说苦点,可弄得好,一冬下来,能赚个百十斤粮呢——上"大型",国家、队上都给补贴的。自知一冬难熬的，或是冬冷没人"焐脚"的（光棍的意思），在家没念想，想赚些细粮回来过年的，都争着要去。"山高皇帝远"，一个穷巴拉叽的村子，难得干部来，权在"祥大少"手上，被抽的，称作民工。挑一副担子，一头打着棉絮卷儿，里边夹些吃饭家伙。另一头捆着担箕大锹，担箕里绑着个小罐子，黑红黑红的瓷。罐里装满了老咸菜，同样黑红黑红的。不管吃饭，还是喝粥，都拿它当"菜"，那味道喷香，挺下饭的。干过民工的都这么说。

民工临行，队上总要"送行"。因为，这一去就是一冬。三五个人代表一个队去的。送行酒多半在队长家办。这里的队长，自然就是"祥大少"。送行酒极简单，说不上几盘几碟。为主的就两样：一是"大麦烧"（当地人用大麦烧酿而成的酒），再一是猪头肉。"大麦烧"用蓝花大碗装满。猪头肉切成四四方方的块子，肥颤颤的，堆满了粗瓷"二郎盆"。这刻儿，民工们便甩开肚子，风卷残云，猛吃猛喝。吃这么一顿不花票子的肉饭，实在是鸡子啄石头——难得。"祥大少"呢，想得挺周全，酒足饭饱之后，丢上一副黑乎乎的纸牌，说是陪大伙玩一回，要去一冬呢！民工们大都上了酒，然而队长情面难却，只得伸出手去，颤歪歪地摸牌。"祥大少"悠然地打开半导体，伸出两个指头放在舌头上湿一湿，朝牌上一按，那牌便乖乖上了他手中。酒，他倒是留了一手。民工们一走，剩下的酒菜，他自可慢慢消受。这样，一醒对三醉，"祥大少"自然是赢家。钱，不需现给（民工们多半拿不出），由队长从各人"大型"的补贴工分中扣除。年终结账，扣多少，凭队长的良心。因为，哪个也记不清那天晚上的输项了。

"祥大少"的吆喝声，不久就在巷子上消失了。

他记得,有一天,支书从城里开会回来,田头上便插起了五颜六色的小旗,小旗上写着各家男人的名字。不用他吆喝了,嗓子眼儿挺痒。他挺闷。依旧早起。惯了。嚓、嚓、嚓,走在巷头,想张嘴,可是各家的门都开了。炊烟袅袅地缠着村树,飘到村子上空去。女人们蓬松着发髻,披着怀,出门淘米、拎水。这时,"祥大少"才晓得,不用吆喝,人们原来也会早起的。

如今,一入冬,田野里拿棒子都难打到人。冬闲,倒真闲了。一冬下来,冻不着,饿不着,便没人想那上河工的事了。玩牌的多起来。三五个聚到一处,玩扑克,也有玩纸牌的。"祥大少"那破棉袄里,整日揣个半旧不新的半导体,依旧是玩牌。可一丢了上手,就什么都丢了。一冬下来。没见他赢过。输了,心里憋气。心里憋气咋办?打老婆。

"祥大少"打老婆很有手段,一把抓住老婆的头发,能在巷子上拖个来回。"祥大少"老婆模样挺秀气。圆圆的脸盘子。黑黑的眼珠子。直挺挺的胸子,挺撩人。可惜,是个哑巴。村里人都说,哑巴嫁给"祥大少"一生给糟了。这哑巴,太通灵性了。"祥大少"揣着收音机出门,她便倚着门框无声无息地流泪。可每次"祥大少"垂头丧气回屋,她总是极细心地接了收音机,递过去一碗热粥。村上人都说,哑巴痴心,想让"祥大少"念着她,念着家,别再坐到牌桌上去。"祥大少"依旧揣着半旧不新的半导体出门,依旧揪他老婆的头发在巷子上拖。终于有一天,"祥大少"一回屋,看见他老婆静静地悬在了屋梁上。

当夜,"祥大少"家走水(这地方,失火不叫失火,叫走水)。邻居起来看时,屋塌了,火苗子"轰轰"地直往上蹿。火光映红了半边天。满村找不到"祥大少"。可奇的是,从南边锅灶间里,发现了一只空酒瓶和他命根子似的半导体。半导体开着,是秦香莲的声音——

　　……把你比作父,不认儿娇生。

　　把你比作子,不孝二双亲。

　　把你比作禽,无翅又无翎。

编后记

在王干先生的指导下,我编好了这本《晚饭花开——汪味小说精选》。

对于汪曾祺先生,王干先生总是念念在兹。

很多故事,很多文字,很多时光里,汪曾祺先生和王干先生,就像是《岁寒三友》的好朋友们,他们薪火相传的文学接力,是这个薄情世界里的小温小暖。

在汉语小说中,汪曾祺先生的短篇小说是一个奇迹。赵本夫先生说:"在当代文坛上,汪老属于短篇小说写得最好的几个人之一。读他的小说,我读懂了什么叫从容。"

所以,助力这本书,于我而言,沐浴这样的从容和温暖,那感觉,接近于微醺。

比如,汪曾祺先生出生于1920年,与我的父亲同龄,我的老家在解放之前又属于高邮。父亲去世早,我总想从汪老的文字中打捞将近一个世纪的记忆。《鸡鸭名家》《侉奶奶》《大淖记事》

《异秉》，那里面，仿佛就是我的亲友。

比如，当年我在乡下教学，手中常常捧着的就是汪曾祺先生的《晚饭花集》。我和我的老同事最喜欢干的事，就是在学校里遍种晚饭花，由于蜜蜂的调皮，黄色的晚饭花和红色的晚饭花也跟着一起调皮，晚饭花贡献出非常奇妙的花：半红半黄，四分之一红色或者四分之一黄色。那晚饭花实在太茂盛了，每当放学的时候，那浓郁的香气能把一座寂寞的乡村学校抬浮到半空中。编这本书时，我又被晚饭花的香气抬到了寂寞的星空中，那从容闪烁的、散发着汉语小说芬芳的晚饭花，是汪曾祺先生的晚饭花，更是汉语小说的晚饭花。

"晚饭花就是野茉莉。因为是在黄昏时开花，晚饭前后开得最为热闹，故又名晚饭花。"

这是汪曾祺先生小说《晚饭花》的开头话。

"野"。"黄昏"。"热闹"。

是的，越是黄昏，越是要"野"，越是要"热闹"。

现在，因为王干先生的执着，跟着汪曾祺先生一起"野"一起"热闹"的，还有这本书中蓬勃的这些株。

庞余亮